LE PONT DE LA RIVIÈRE KWAI

ŒUVRES DE PIERRE BOULLE

Dans Le Livre de Poche :

UN MÉTIER DE SEIGNEUR.
LA PLANÈTE DES SINGES.
WILLIAM CONRAD.

PIERRE BOULLE

Le pont de la rivière Kwaï

ROMAN

JULLIARD

No, it was not funny; it was rather pathetic; he was so representative of all the past victims of the Great Joke. But it is by folly alone that the world moves, and so it is a respectacle thing upon the whole. And besides, he was what one would call a good man.

Joseph Conrad.

PREMIÈRE PARTIE

I

L'ABIME infranchissable que certains regards voient creusé entre l'âme occidentale et l'âme orientale n'est peut-être qu'un effet de mirage. Peut-être n'est-il que la représentation conventionnelle d'un lieu commun sans base solide, un jour perfidement travesti en aperçu piquant, dont on ne peut même pas invoquer la qualité de vérité première pour justifier l'existence? Peut-être la nécessité de « sauver la face » était-elle, dans cette guerre, aussi impérieuse, aussi vitale, pour les Britanniques que pour les Japonais? Peut-être réglait-elle les mouvements des uns, sans qu'ils en eussent conscience, avec autant de rigueur et de fatalité qu'elle commandait ceux des autres, et sans doute ceux de tous les peuples? Peut-être les actes en apparence opposés des deux ennemis n'étaient-ils que des manifestations, différentes mais anodines, d'une même réalité immatérielle? Peut-être l'esprit du colonel nippon, Saïto, était-il en son essence analogue à celui de son prisonnier, le colonel Nicholson?

C'étaient là des questions que se posait le médecin commandant Clipton, prisonnier lui aussi, comme les cinq cents malheureux amenés par les Japonais au camp de la rivière Kwaï, comme les soixante mille Anglais, Australiens, Hollandais, Américains, rassemblés par eux en plusieurs groupes, dans la région la moins civilisée du monde, la jungle de Birmanie et de Thaïlande, pour y construire une voie ferrée reliant le golfe du Bengale à Bangkok et à Singapour. Clipton se répondait parfois affirmativement, tout en reconnaissant que ce point de vue avait une allure parfaite de paradoxe, et nécessitait une élévation considérable au-desssus des manifestations apparentes. Pour l'adopter, il fallait en particulier dénier toute signification réelle aux bourrades, coups de crosse et autres brutalités plus dangereuses, par lesquelles s'extériorisait l'âme japonaise, ainsi qu'au déploiement de dignité massive dont le colonel Nicholson avait fait son arme favorite pour affirmer la supériorité britannique. Cependant, Clipton se laissait aller à porter ce jugement en ces moments où la conduite de son chef le plongeait dans une telle rage que son esprit parvenait seulement à trouver un peu d'apaisement dans une recherche abstraite et passionnée des causes premières.

Il aboutissait alors invariablement à la conclusion que l'ensemble des caractères composant la personnalité du colonel Nicholson (il entassait pêle-mêle dans cette respectable collection le sentiment du devoir, l'attachement aux vertus ancestrales, le respect de l'autorité, la hantise de la discipline et l'amour de la tâche correctement accomplie) ne pouvaient être mieux condensés que par le mot : snobisme. Pendant ces périodes d'investigation fébrile, il le tenait pour un snob, le type parfait du snob militaire, qu'une longue synthèse a lentement élaboré et mûri depuis l'âge de pierre, la tradition assurant la conservation de l'espèce.

Clipton, d'ailleurs, était par nature objectif et possédait le don rare de pouvoir considérer un problème sous des angles très différents. Sa conclusion ayant un peu calmé la tempête déchaînée en son cerveau par certaines attitudes du colonel, il se sentait soudain porté à l'indulgence, et reconnaissait, en s'attendrissant presque, la haute qualité de ses vertus. Il admettait que, si celles-ci étaient le propre d'un snob, une logique à peine plus poussée imposait probablement aussi de classer dans leur même catégorie les plus admirables sentiments, et d'en arriver finalement à discerner dans l'amour maternel la plus éclatante manifestation de snobisme en ce monde.

Le respect que le colonel Nicholson éprouvait pour la discipline avait été illustré dans le passé en différentes régions de l'Asie et de l'Afrique. Il avait été affirmé une fois de plus lors du désastre qui suivit l'invasion de la Malaisie, à Singapour, en 1942.

Après que l'ordre de mettre bas les armes eut été émis par le haut commandement, comme un groupe de jeunes officiers de son régiment avaient établi un plan pour gagner la côte, s'emparer d'une embarcation et voguer vers les Indes néerlandaises, le colonel Nicholson, tout en rendant hommage à leur ardeur et à leur courage, avait combattu ce projet par tous les moyens encore à sa disposition.

Il avait d'abord cherché à les convaincre. Il leur avait expliqué que cette tentative était en opposition directe avec les instructions reçues. Le commandant en chef ayant signé la capitulation pour toute la Malaisie, aucun sujet de Sa Majesté ne pouvait s'échapper sans commettre un acte de désobéissance. Pour lui-même, il ne voyait qu'une ligne de conduite possible : attendre sur place qu'un officier supérieur japonais vînt recevoir sa reddition, celle de ses cadres et celle des quelques centaines d'hommes qui avaient échappé au massacre des dernières semaines.

« Quel exemple pour les troupes, disait-il, si les chefs se dérobent à leur devoir! »

Ses arguments avaient été soutenus par la pénétrante intensité que prenait son regard aux heures graves. Ses yeux avaient la couleur de l'océan Indien par temps calme, et sa face, en perpétuel repos, était l'image sensible d'une âme ignorant les troubles de conscience. Il portait la moustache blonde, tirant sur le roux, des héros placides, et les reflets rouges de sa peau témoignaient d'un cœur pur, contrôlant une circulation sanguine sans défaut, puissante et régulière. Clipton, qui l'avait suivi tout au long de la campagne, s'émerveillait chaque jour de voir miraculeusement matérialisé sous ses yeux l'officier britannique de l'armée des

Indes, un être qu'il avait toujours cru légendaire, et qui affirmait sa réalité avec une outrance provoquant en lui ces crises douloureusement alternées d'exaspération et d'attendrissement.

Clipton avait plaidé la cause des jeunes officiers. Il les approuvait, et il l'avait dit. Le colonel Nicholson le lui avait gravement reproché, exprimant sa pénible surprise de voir un homme d'âge mûr, occupant une position lourde de responsabilités, partager les espoirs chimériques de jeunes gens sans cervelle et encourager des improvisations aventureuses, lesquelles ne donnent jamais rien de bon.

Ses raisons exposées, il avait donné des ordres précis et sévères. Tous les officiers, sous-officiers et hommes de troupe attendraient sur place l'arrivée des Japonais. Leur reddition n'étant pas une affaire individuelle, ils ne devaient en aucune façon s'en sentir humiliés. Lui seul en portait le poids dans le cadre du régiment.

La plupart des officiers s'étaient résignés, car sa force de persuasion était grande, son autorité considérable, et sa bravoure personnelle indiscutable interdisait d'attribuer sa conduite à un autre mobile que le sentiment du devoir. Quelques-uns avaient désobéi et étaient partis dans la jungle. Le colonel Nicholson en avait éprouvé un réel chagrin. Il les avait fait porter déserteurs, et ce fut avec impatience qu'il attendit l'arrivée des Japonais.

En prévision de cet événement, il avait organisé dans sa tête une cérémonie empreinte d'une sobre dignité. Après avoir médité, il avait décidé de tendre, au colonel ennemi chargé de recevoir sa reddition, le revolver qu'il portait au côté, comme objet symbolique de sa soumission au vainqueur. Il avait répété plusieurs fois le geste, et était certain de pouvoir décrocher l'étui facilement. Il avait revêtu son meilleur uniforme et exigé que ses hommes fissent une toilette soignée. Puis, il les avait rassemblés et fait former des faisceaux dont il avait vérifié l'alignement.

Ce furent de simples soldats, ne parlant aucune langue du monde civilisé, qui se présentèrent les premiers. Le colonel Nicholson n'avait pas bougé. Puis, un sous-officier était arrivé avec un camion, faisant signe aux Anglais de placer leurs armes dans le véhicule. Le colonel avait interdit à sa troupe de faire un mouvement. Il avait réclamé un officier supérieur. Il n'y avait pas d'officier, ni subalterne ni supérieur, et les Japonais ne comprenaient pas sa demande. Ils s'étaient fâchés. Les soldats avaient pris une attitude menaçante, tandis que le sous-officier poussait des hurlements rauques en montrant les faisceaux. Le colonel avait ordonné à ses hommes de rester sur place, immobiles. Des mitraillettes avaient été pointées sur eux, pendant que le colonel était bousculé sans aménité. Il était resté impassible et avait renouvelé sa requête. Les Anglais se regardaient avec inquiétude, et Clipton se demandait si leur chef allait les faire tous massacrer par amour des principes et de la forme, quand, enfin, une voiture chargée d'officiers japonais avait surgi. L'un d'eux portait les insignes de commandant. Faute de mieux, le colonel Nicholson avait décidé de se rendre à lui. Il avait fait mettre sa troupe au garde-à-vous. Lui-même avait salué réglementairement, et, détachant de sa ceinture son étui à revolver, l'avait tendu d'un geste noble.

Devant ce cadeau, le commandant, épouvanté, avait d'abord eu un mouvement de recul; puis il avait paru fort embarrassé; finalement, il avait été secoué d'un long éclat de rire barbare, imité bientôt par ses compagnons. Le colonel Nicholson avait haussé les épaules et pris une attitude hautaine. Il avait cependant autorisé ses soldats à charger les armes dans le camion.

Pendant la période qu'il avait passée dans un camp de prisonniers, près de Singapour, le colonel Nicholson s'était donné pour tâche de maintenir la correction anglo-saxonne en face de l'activité brouillonne et désordonnée des vainqueurs. Clipton, qui était resté près de lui, se demandait déjà à cette époque s'il fallait le bénir ou le maudire.

A la suite des ordres qu'il avait donnés, pour confirmer et amplifier de son autorité les instructions japonaises, les hommes de son unité se conduisaient bien et se nourrissaient mal. Le « looting », ou chapardage des boîtes de conserve et autres denrées alimentaires, que les prisonniers des autres régiments parvenaient parfois à pratiquer dans les faubourgs bombardés de Singapour, malgré les gardes et souvent avec leur complicité, apportait un supplément précieux aux maigres rations. Mais ce pillage n'était, en aucune circonstance, toléré par le colonel Nicholson. Il faisait faire par ses officiers des conférences où était flétrie l'indignité d'une telle conduite, et où était démontré que la seule façon pour le soldat anglais d'en imposer à ses vainqueurs temporaires était de leur donner l'exemple d'un comportement irréprochable. Il faisait contrôler l'obéissance à cette règle par des fouilles périodiques, plus inquisitrices que celles des sentinelles.

Ces conférences sur l'honnêteté que doit observer le soldat en pays étranger n'étaient pas les seules corvées qu'il imposait à son régiment. Celui-ci n'était pas accablé de travail à cette époque, les Japonais n'ayant entrepris aucun aménagement important dans les environs de Singapour. Persuadé que l'oisiveté était préjudiciable à l'esprit de la troupe, et dans son inquiétude de voir baisser le moral, le colonel avait organisé un programme d'occupation des loisirs. Il obligeait ses officiers à lire et à commenter aux hommes des chapitres entiers du règlement militaire, faisait tenir des séances d'interrogation et distribuait des récompenses sous forme de satisfecits signés par lui. Bien entendu, l'enseignement de la discipline n'était pas oublié dans les cours. Il y était périodiquement insisté sur l'obligation pour le subalterne de saluer son supérieur, même à l'intérieur d'un camp de prisonniers. Ainsi, les « private », qui devaient par-dessus le marché saluer tous les Japonais, sans distinction de grade, risquaient à chaque instant, s'ils oubliaient les consignes, d'une part les coups de pied et les coups de crosse des sentinelles, d'autre part les remontrances du colonel et des punitions infligées par lui, pouvant aller jusqu'à plusieurs heures de station debout pendant les repos.

Que cette discipline spartiate eût été en général acceptée par les hommes, et qu'ils se fussent ainsi soumis à une autorité qui n'était plus étayée par aucun pouvoir temporel, émanant d'un être exposé lui aussi aux vexations et aux brutalités, c'était ce qui faisait parfois l'admiration de Clipton. Il se demandait s'il fallait attribuer leur obéissance à leur respect pour la personnalité du colonel, ou bien à quelques avantages dont ils bénéficiaient grâce à lui; car il était indéniable que son intransigeance obtenait des résultats, même avec les Japonais. Ses armes, vis-à-vis de ceux-ci, étaient son attachement aux principes, son entêtement, sa puissance à se concentrer sur un point précis jusqu'à ce qu'il eût obtenu satisfaction, et le « manual of military law », contenant la convention de Genève et celle de La Haye, qu'il mettait calmement sous le nez des Nippons lorsque quelque infraction à ce code de lois internationales était commise par eux. Son courage physique et son mépris absolu des violences corporelles étaient aussi certainement pour beaucoup dans son autorité. En plusieurs occasions, lorsque les Japonais avaient outrepassé les droits écrits des vainqueurs, il ne s'était pas contenté de protester. Il s'était interposé personnellement. Il avait été une fois brutalement frappé par un garde particulièrement féroce, dont les exigences étaient illégales. Il avait fini par obtenir gain de cause, et son agresseur avait été puni. Alors, il avait renforcé son propre règlement, plus tyrannique que les fantaisies nippones.

« L'essentiel, disait-il à Clipton, lorsque celui-ci lui représentait que les circonstances autorisaient peut-être une certaine aménité de sa part, l'essentiel, c'est que les garçons sentent qu'ils sont toujours commandés par nous, et non par ces singes. Tant qu'ils seront entretenus dans cette idée, ils seront des soldats et non pas des esclaves. »

Clipton, toujours impartial, convenait que ces paroles étaient raisonnables, et que la conduite de son colonel était toujours inspirée par d'excellents sentiments.

II

Les mois passés au camp de Singapour se rappelaient maintenant aux prisonniers comme une ère de félicité, et ils les regrettaient avec des soupirs, quand ils considéraient leur présente condition dans cette région inhospitalière de Thaïlande. Ils étaient arrivés là, après un interminable voyage en chemin de fer à travers toute la Malaisie, suivi d'une marche épuisante, au cours de laquelle, affaiblis déjà par le climat et le manque de nourriture, ils avaient abandonné peu à peu, sans espoir de les retrouver, les pièces les plus lourdes et les plus précieuses de leur misérable équipement. La légende déjà créée autour de la voie ferrée qu'ils devaient construire ne les rendait pas optimistes.

Le colonel Nicholson et son unité avaient été déplacés un peu après les autres, et le travail était déjà commencé lorsqu'ils étaient arrivés en Thaïlande. Après la harassante marche à pied, les premiers contacts avec les nouvelles autorités japonaises avaient été peu encourageants. A Singapour ils avaient eu affaire avec des soldats qui, après la première intoxication du triomphe et à part quelques manifestations assez rares de primitive sauvagerie, ne s'étaient pas montrés beaucoup plus tyranniques que des vainqueurs occidentaux. Différente paraissait être la mentalité des officiers désignés pour encadrer les prisonniers alliés tout au long du railway. Dès le premier abord, ils s'étaient révélés de féroces gardes-chiourme, prêts à se muer en sadiques tortionnaires.

Le colonel Nicholson et les restes du régiment qu'il se glorifiait de commander encore avait d'abord été accueillis dans un immense camp, servant d'escale à tous les convois, mais dont une partie était déjà occupée en permanence par un groupe. Ils n'y étaient restés que peu de temps, mais avaient pu se rendre compte de ce qui serait exigé d'eux et des conditions d'existence qu'ils devraient subir jusqu'à l'achèvement de l'ouvrage. Les malheureux travaillaient comme des bêtes de somme. Chacun avait à accomplir une tâche qui n'eût peut-être pas excédé les forces d'un homme robuste et bien nourri, mais qui, imposée aux pitoyables êtres décharnés qu'ils étaient devenus en moins de deux mois, les maintenait sur le chantier de l'aube au crépuscule, parfois une partie de la nuit. Ils étaient accablés et démoralisés par les injures et les coups que les gardes faisaient pleuvoir sur leur dos à la moindre défaillance, et hantés par la crainte de plus terribles punitions. Clipton avait été ému par leur état physique. La malaria, la dysenterie, le béribéri, les ulcères étaient monnaie courante, et le médecin du camp lui avait confié qu'il craignait des épidémies beaucoup plus graves, sans pouvoir prendre de mesures pour les prévenir. Il ne possédait aucun des plus élémentaires médicaments.

Le colonel Nicholson avait froncé le sourcil, sans faire de commentaires. Il n'était pas « en charge » de ce camp, où il se considérait un peu comme un invité. Au lieutenant-colonel anglais qui en avait la responsabilité sous l'autorité japonaise, il avait exprimé une fois seulement son indignation : lorsqu'il s'était aperçu que tous les officiers, jusqu'au grade de commandant, participaient aux travaux dans les mêmes conditions que les hommes, c'est-à-dire creusaient la terre et la charriaient comme des manœuvres. Le lieutenant-colonel avait baissé les yeux. Il expliqua qu'il avait fait son possible pour éviter cette humiliation, et ne s'était incliné que devant la contrainte brutale, pour éviter des représailles dont tous auraient pâti. Le colonel Nicholson avait hoché la tête d'un air peu convaincu, puis s'était enfermé dans un silence hautain.

Ils étaient restés deux jours à ce point de rassemblement, le temps de recevoir des Japonais quelques misérables provisions de voyage, ainsi qu'un triangle d'étoffe grossière, s'attachant autour des reins par une ficelle, et baptisé par eux « uniforme de travail »; le temps aussi d'écouter le général Yamashita, perché sur une estrade improvisée, le sabre au côté et les mains gantées de gris clair, leur expliquer en mauvais anglais qu'ils étaient placés sous son commandement suprême par la volonté de Sa Majesté impériale, et ce qu'il attendait d'eux.

La harangue avait duré plus de deux heures, pénible à entendre et faisant saigner l'orgueil national au moins autant que les injures et les coups. Il avait dit que les Nippons ne leur gardaient pas rancune à eux, qui avaient été égarés par les mensonges de leur gouvernement; qu'ils seraient humainement traités aussi longtemps qu'ils se comporteraient en « zentlemen », c'est-à-dire qu'ils collaboreraient sans arrière-pensée et de toutes leurs forces à la sphère de coprospérité sud-asiatique. Ils devaient tous être reconnaissants à Sa Majesté impériale, qui leur donnait l'occasion de racheter leurs erreurs en participant à l'œuvre commune par la construction de la voie ferrée. Yamashita avait ensuite expliqué que, au nom de l'intérêt général, il serait obligé d'appliquer une discipline stricte et de ne tolérer aucune désobéissance. La paresse et la négligence seraient considérées comme des crimes. Toute tentative d'évasion serait punie de mort. Les officiers anglais seraient responsables vis-à-vis des Japonais du comportement et de l'ardeur au travail de leurs hommes.

« Les maladies ne seront pas une excuse, avait ajouté le général Yamashita. Un travail raisonnable est excellent pour maintenir les hommes en bonne forme physique et la dysenterie n'ose pas s'attaquer à celui qui fournit un effort quotidien dans l'accomplissement de son devoir envers l'empereur. »

Il avait conclu sur une note optimiste, qui avait rendu ses auditeurs enragés.

« Travaillez joyeusement et avec entrain, avait-il dit. Telle est ma devise. Telle doit être la vôtre à partir de ce jour. Ceux qui agiront ainsi n'auront rien à redouter de moi, ni des officiers de la grande armée nippone sous la protection de laquelle vous vous trouvez. »

Ensuite, les unités s'étaient dispersées, chacune s'acheminant vers le secteur qui lui avait été attribué. Le colonel Nicholson et son régiment s'étaient dirigés vers le camp de la rivière Kwaï. Celui-ci était situé assez loin, à quelques milles seulement de la frontière birmane. C'était le colonel Saïto qui le commandait.

III

De fâcheux incidents marquèrent les premiers jours au camp de la rivière Kwaï dont l'atmosphère se révéla, dès le début, hostile et chargée d'électricité.

Ce fut la proclamation du colonel Saïto, stipulant que les officiers devraient travailler avec leurs hommes, et dans les mêmes conditions, qui suscita les premiers troubles. Elle provoqua une démarche, polie mais énergique, du colonel Nicholson, qui exposa son point de vue avec une sincère objectivité, concluant que les officiers britanniques avaient pour tâche de commander leurs soldats, et non de manœuvrer la pelle ou la pioche.

Saïto écouta jusqu'au bout sa protestation, sans manifester d'impatience, ce qui parut de très bon augure au colonel. Puis, il le renvoya en disant qu'il réfléchirait. Le colonel Nicholson rentra plein de confiance dans la misérable cabane en bambou qu'il occupait avec Clipton et deux autres officiers. Là, pour sa satisfaction personnelle, il répéta quelques-uns des arguments qu'il avait utilisés pour fléchir le Japonais. Chacun lui paraissait irréfutable, mais le principal, pour lui, était celui-ci : l'appoint de main-d'œuvre représenté par quelques hommes mal entraînés à un labeur physique était insignifiant, tandis que l'impulsion donnée par l'encadrement de chefs compétents était inestimable. Dans l'intérêt même des Nippons, et pour la bonne exécution de l'ouvrage, il était donc bien préférable de conserver à ces chefs tout leur prestige et toute leur autorité, ce qui était impossible s'ils étaient astreints à la même tâche que les soldats. Il s'échauffa en soutenant de nouveau cette thèse devant ses propres officiers.

« Enfin, ai-je raison, oui ou non? demanda-t-il au commandant Hughes. Vous, un industriel, pouvez-vous imaginer une entreprise comme celle-ci menée à bien sans une hiérarchie de cadres responsables? »

Après les pertes de la tragique campagne, son état-major ne comprenait plus que deux officiers, en plus du médecin Clipton. Il avait réussi à les conserver auprès de lui depuis Singapour, car il appréciait leurs conseils et avait à chaque instant besoin de soumettre ses idées à la critique d'une discussion collective, avant de prendre une décision. C'étaient deux officiers de réserve. L'un, le commandant Hughes, était dans la vie civile directeur d'une compagnie minière en Malaisie. Il avait été affecté au régiment du colonel Nicholson, et celui-ci avait tout de suite reconnu ses qualités d'organisateur. L'autre, le capitaine Reeves, était avant la guerre ingénieur des travaux publics aux

Indes. Mobilisé dans un corps du génie, il avait été séparé de son unité dès les premiers combats, et recueilli par le colonel, qui se l'était également attaché comme conseiller. Il aimait s'entourer de spécialistes. Il n'était pas une brute militaire. Il reconnaissait loyalement que certaines entreprises civiles ont parfois des méthodes dont l'armée peut s'inspirer avec fruit, et ne négligeait aucune occasion de s'instruire. Il estimait également les techniciens et les organisateurs.

« Vous avez certainement raison, sir, répondit Hughes.

— C'est aussi mon avis, dit Reeves. La construction d'une voie ferrée et d'un pont (je crois qu'il est question d'établir un pont sur la rivière Kwaï) n'admet pas les improvisations hâtives.

— C'est vrai que vous êtes un spécialiste de ces travaux, rêva à haute voix le colonel... Vous voyez bien, conclut-il; j'espère avoir fait pénétrer un peu de plomb dans le crâne de cet écervelé.

— Et puis, ajouta Clipton, en regardant son chef, si cet argument de bon sens ne suffit pas, il y a encore le « manual of military law » et les conventions internationales.

— Il y a encore les conventions internationales, approuva le colonel Nicholson. J'ai réservé cela pour une nouvelle séance, si elle est nécessaire »

Clipton parlait ainsi, avec une nuance d'ironie pessimiste, parce qu'il craignait fort que l'appel au bon sens ne fût pas suffisant. Quelques échos lui étaient parvenus sur le caractère de Saïto, à l'escale qui avait coupé la marche dans la jungle

Occasionnellement accessible à la raison lorsqu'il était à jeun, l'officier japonais devenait, disait-on, la plus abominable des brutes lorsqu'il avait bu sans modération.

La démarche du colonel Nicholson avait été faite dans la matinée de ce premier jour, accordé aux prisonniers pour leur installation dans les baraques à moitié démolies du camp Saïto réfléchit, comme il l'avait promis. Il commença à trouver les objections suspectes et se mit à boire pour s'éclaircir l'esprit. Il se persuada graduellement que le colonel lui avait fait un affront inadmissible en discutant ses ordres, et passa insensiblement de la méfiance à une sombre fureur.

Parvenu au paroxysme de sa rage un peu avant le coucher du soleil, il décida d'affirmer immédiatement son autorité et imposa un rassemblement général. Il avait l'intention, lui aussi, de prononcer une harangue. Dès le début de son discours, il fut évident que de sinistres nuages s'amoncelaient au-dessus de la rivière Kwaï.

« Je hais les Britanniques... »

Il avait commencé par cette formule et la plaçait entre ses phrases en guise de ponctuation. Il s'exprimait en assez bon anglais, ayant autrefois occupé dans un pays britannique un poste d'attaché militaire, qu'il avait dû quitter à cause de son ivrognerie. Sa carrière s'achevait misérablement dans ces fonctions de garde-chiourme, sans qu'il pût espérer d'avancement. Sa rancune contre les prisonniers était chargée de toute l'humiliation qu'il avait ressentie à ne pas participer à la bataille.

« Je hais les Britanniques, commença le colonel Saïto. Vous êtes ici, sous mon seul commandement, pour exécuter les travaux nécessaires à la victoire de la grande armée nippone. J'ai voulu vous dire, une fois seulement, que je ne tolérerai pas la moindre discussion de mes ordres. Je hais les Britanniques. A la première protestation, je vous punirai d'une manière terrible. La discipline doit être maintenue. Si certains se proposent d'en faire à leur tête, ils sont prévenus que j'ai sur vous tous droit de vie et de mort. Je n'hésiterai pas à user de ce droit, pour assurer la bonne exécution des travaux que m'a confiés Sa Majesté impériale. Je hais les Britanniques. La mort de quelques prisonniers ne me touchera pas. Votre mort à tous est insignifiante pour un officier supérieur de la grande armée nippone. »

Il était grimpé sur une table, comme l'avait fait le général Yamashita. Comme lui, il avait jugé bon de mettre une paire de gants gris clair, et des bottes luisantes au lieu des savates qu'on lui avait vu porter dans la matinée. Il avait, bien entendu, son sabre au côté, et frappait à chaque instant sur la poignée pour donner plus de poids à ses paroles, ou bien pour se surexciter et se maintenir dans l'état de rage qu'il estimait indispensable. Il était grotesque. Sa tête s'agitait en mouvements désordonnés, comme celle d'un pantin. Il était ivre, ivre d'alcool européen, le whisky et le cognac abandonnés à Rangoon et à Singapour.

En écoutant cette prose qui affectait douloureusement ses nerfs, Clipton se rappela un conseil, autrefois donné par un ami qui avait vécu longtemps parmi les Japonais. « Si vous avez affaire avec eux, n'oubliez jamais que ce peuple considère son ascendance divine comme un credo indiscutable. » Toutefois, après avoir réfléchi, il s'aperçut qu'aucun peuple sur la terre ne nourrissait le moindre doute quant à sa propre origine divine, plus ou moins éloignée. Il chercha alors d'autres motifs à cette hargneuse outrecuidance. A la vérité, il fut bientôt persuadé que le discours de Saïto empruntait beaucoup de ses éléments fondamentaux à une tournure d'esprit universelle, orientale aussi bien qu'occidentale. Il reconnut au passage et salua diverses influences à travers les phrases qui explosaient sur les lèvres du Japonais : l'orgueil racial, la mystique de l'autorité, la peur de ne pas être pris au sérieux, un complexe bizarre qui lui faisait promener un regard soupçonneux et inquiet sur les visages, comme s'il eût redouté d'y voir un sourire. Saïto avait vécu en pays britannique. Il ne pouvait pas ignorer combien certaines prétentions japonaises y étaient parfois tournées en ridicule, ni les plaisanteries qu'y suscitaient les attitudes copiées par une nation dépourvue d'humour, sur un peuple qui en possédait instinctivement le sens. La brutalité de ses expressions et de ses gestes désordonnés devait cependant être attribuée à un reste de sauvagerie primitive. Clipton avait ressenti un trouble étrange en l'entendant parler de discipline, mais il conclut, rassuré, en le regardant s'agiter comme un guignol, qu'il y avait au moins un point en faveur du gentleman du monde occidental : c'était son comportement lorsqu'il était gorgé d'alcool.

Devant leurs hommes, les officiers écoutaient en silence, encadrés par les gardes qui prenaient une attitude menaçante pour souligner la fureur de leur chef. Tous serraient les poings et composaient laborieusement chaque trait de leur face, modelant leur impassibilité apparente sur celle du colonel Nicholson, qui avait donné des instructions pour que toute manifestation hostile fût accueillie dans le calme et la dignité.

Après ce préambule destiné à frapper l'imagination, Saïto entra dans le vif du sujet. Son ton devint plus calme, presque solennel, et pendant un moment ils espérèrent entendre des paroles sensées.

« Ecoutez-moi tous. Vous savez en quoi consiste l'œuvre à laquelle Sa Majesté impériale a bien voulu associer les prisonniers britanniques. Il s'agit de relier les capitales de Thaïlande et de Birmanie, à travers quatre cents miles de jungle, pour permettre le passage des convois nippons et ouvrir la route du Bengale à l'armée qui a libéré ces deux pays de la tyrannie européenne. Le Nippon a besoin de cette voie ferrée pour continuer la série de ses victoires, conquérir les Indes et terminer rapidement cette guerre. Il est donc essentiel que ce travail soit achevé le plus tôt possible; dans six mois, a ordonné Sa Majesté impériale. C'est aussi votre intérêt. Lorsque la guerre sera finie, peut-être pourrez-vous rentrer dans vos foyers sous la protection de notre armée. »

Le colonel Saïto poursuivit sur un ton encore plus mesuré, comme s'il était définitivement dégagé des fumées de l'ivresse.

« Savez-vous maintenant quelle est votre tâche, à vous qui êtes dans ce camp sous mon commandement? Je vous ai réunis pour vous l'apprendre.

« Vous aurez seulement à construire deux petits tronçons de voie, pour le raccordement aux autres secteurs. Mais, surtout, vous aurez à édifier un pont, sur la rivière Kwaï que vous voyez là. Ce pont sera votre principale besogne, et vous êtes des privilégiés, car c'est l'ouvrage le plus important de toute la ligne. Le travail est agréable. Il demande des hommes adroits et non pas des manœuvres. De plus, vous aurez l'honneur de compter parmi les pionniers de la sphère de coprospérité sud-asiatique... »

« Encore un encouragement qui eût pu être donné par un Occidental », songea Clipton malgré lui...

Saïto pencha en avant toute la partie supérieure de son corps, et resta immobile, la main droite appuyée sur la poignée de son sabre, dévisageant les premiers rangs.

« Le travail sera bien entendu dirigé techniquement par un ingénieur qualifié, un ingénieur nippon. Pour la discipline, vous aurez affaire avec moi et mes subordonnés. Les cadres ne manqueront donc pas. Pour toutes ces raisons, que j'ai bien voulu vous expliquer, j'ai donné l'ordre aux officiers britanniques de travailler fraternellement aux côtés de leurs soldats. Dans les circonstances présentes, je ne peux pas tolérer de bouches inutiles. J'espère que je n'aurai pas à répéter cet ordre. S'il en était autrement... »

Saïto retomba sans transition dans sa fureur initiale et se remit à gesticuler comme un forcené.

« S'il en était autrement, j'emploierais la force. Je hais les Britanniques. Je vous ferai fusiller tous si c'est nécessaire plutôt que de nourrir des paresseux. La maladie ne sera pas un motif d'exemption. Un homme malade peut toujours fournir un effort. Je construirai le pont sur les os des prisonniers, s'il le faut. Je hais les Britanniques. Le travail commencera demain à l'aube. Le rassemblement aura lieu aux coups de sifflet, ici. Les officiers se mettront sur les rangs, à part. Ils formeront une équipe qui devra accomplir la même tâche que les autres. Des outils vous seront distribués et l'ingénieur nippon vous donnera des directives. Ma dernière parole, ce soir, est pour vous rappeler la devise du général Yamashita : « Travaillez joyeusement et avec entrain. » Souvenez-vous. »

Saïto descendit de son estrade et regagna son quartier général à grandes enjambées furieuses. Les prisonniers rompirent les rangs, et se dirigèrent vers leurs baraques, péniblement impressionnés par cette éloquence décousue.

« Il ne semble pas avoir compris, sir; je crois bien qu'il faudra faire appel aux conventions internationales, dit Clipton au colonel Nicholson, qui était resté silencieux et songeur.

— Je le crois aussi, Clipton, répondit gravement le colonel; et je crains que nous n'ayons devant nous une période de trouble. »

IV

Clipton craignit un moment que la période de trouble prévue par le colonel Nicholson ne fût de courte durée et ne se terminât, à peine commencée, par une affreuse tragédie. Comme médecin, il était le seul officier qui ne fût pas directement intéressé par la querelle. Déjà surchargé de travail par les soins à donner aux nombreux éclopés, victimes de la terrible randonnée dans la jungle, il n'était pas compté dans la main-d'œuvre; mais son angoisse ne fut que plus profonde quand il assista au premier heurt, de la baraque pompeusement baptisé « hôpital », où il s'était rendu avant l'aube.

Réveillés dans la nuit par les coups de sifflet et les cris des sentinelles, les hommes s'étaient rassemblés de mauvaise humeur, encore fourbus, sans avoir pu récupérer leurs forces, à cause des moustiques et de leur misérable installation. Les officiers s'étaient groupés à l'endroit désigné. Le colonel Nicholson leur avait donné des instructions précises.

« Il faut, avait-il dit, faire preuve de bonne volonté, tant que cela est compatible avec notre honneur. Je serai, moi aussi, au rassemblement. »

Il était bien entendu que l'obéissance aux ordres de Saïto serait limitée là.

Ils restèrent longtemps debout, immobiles dans une humidité froide, puis, comme le jour se levait, ils virent arriver le colonel Saïto, entouré de quelques officiers subalternes, précédant l'ingénieur qui devait diriger les travaux. Il paraissait renfrogné mais son visage s'éclaircit lorsqu'il aperçut le groupe des officiers britanniques alignés derrière leur chef.

Un camion chargé d'outils suivait les autorités. Pendant que l'ingénieur s'occupait de la distribution, le colonel Nicholson fit un pas en avant et demanda un entretien à Saïto. Le regard de celui-ci s'assombrit. Il ne prononça pas une parole, mais le colonel feignit de prendre son silence pour un acquiescement et s'approcha de lui.

Clipton ne pouvait suivre ses gestes, car il lui tournait le dos. Au bout d'un instant, il se déplaça, apparut de profil, et le médecin le vit mettre un petit livre sous le nez du Japonais, en soulignant un passage du doigt. Il s'agissait, sans aucun doute, du « manual of military law ». Saïto restait hésitant. Clipton pensa un moment que la nuit l'avait peut-être ramené à de meilleurs sentiments, mais il comprit vite la vanité de son espoir. Après son discours de la veille, même si sa colère s'était apaisée, l'obligation de « sauver la face » dictait impérieusement sa conduite. Sa figure s'empourpra

Il avait espéré en avoir terminé avec cette histoire, et voilà que ce colonel s'obstinait. Il fut replongé d'un seul coup dans une rage hystérique par cet entêtement. Le colonel Nicholson lisait à voix basse, en suivant les lignes du doigt, sans s'apercevoir de cette transformation. Clipton, qui suivait les jeux de physionomie du Japonais, faillit crier pour prévenir son chef. Il était trop tard. En deux gestes rapides, Saïto avait fait sauter le livre et giflé le colonel. Il se tenait maintenant devant lui, le corps penché en avant, les yeux hors de la tête, gesticulant et faisant grotesquement alterner les injures anglaises et japonaises.

Malgré sa surprise, car il ne s'attendait pas à cette réaction, le colonel Nicholson conserva son calme. Il ramassa le livre tombé dans la boue, se redressa devant le Nippon qu'il dominait d'une tête, et dit simplement :

« Dans ces conditions, colonel Saïto, puisque les autorités japonaises ne se plient pas aux lois en vigueur dans le monde civilisé, nous nous considérons dégagés de tout devoir d'obéissance envers elles. Il me reste à vous faire part des ordres que j'ai donnés. Les officiers ne travailleront pas. »

Ayant ainsi parlé, il subit, passivement et en silence, un deuxième assaut encore plus brutal. Saïto, qui paraissait avoir perdu l'esprit, se jeta sur lui et, se haussant sur la pointe des pieds, lui martela la figure à coups de poing.

L'affaire se gâtait. Quelques officiers anglais sortirent des rangs et s'approchèrent d'un air menaçant. Des murmures se firent entendre dans la troupe. Les gradés japonais hurlèrent de brefs commandements, et les soldats apprêtèrent leurs armes. Le colonel Nicholson pria ses officiers de reprendre leur place et ordonna à ses hommes de rester tranquilles. Le sang coulait de sa bouche. mais il avait conservé un air d'inaltérable souveraineté.

Saïto, hors d'haleine, se recula, et eut un geste pour sortir son revolver; puis il parut se raviser. Il recula encore, et donna des ordres d'une voix dangereusement calme. Les gardes japonais entourèrent les prisonniers et leur firent signe d'avancer. Ils les emmenaient vers la rivière, sur le chantier. Il y eut des protestations et quelques velléités de résistance. Plusieurs regards anxieux interrogèrent le colonel Nicholson. Celui-ci leur fit signe d'obéir. Ils disparurent bientôt, et les officiers britanniques restèrent sur le terrain en face du colonel Saïto.

Celui-ci parla encore, d'une voix posée que Clipton jugea inquiétante. Il ne s'était pas trompé. Des soldats s'éloignèrent et rapportèrent les deux mitrailleuses placées à l'entrée du camp. Ils les installèrent à droite et à gauche de Saïto. Les craintes de Clipton se transformèrent en une affreuse angoisse. La scène lui apparaissait à travers la paroi en bambou de son « hôpital ». Derrière lui, une quarantaine de malheureux étaient entassés les uns contre les autres, couverts de plaies suppurantes. Quelques-uns s'étaient traînés à côté de lui et regardaient aussi. L'un d'eux poussa une sourde exclamation.

« Doc, ils ne vont pas!... Ce n'est pas possible!

Ce singe jaune n'osera pas?... Et le vieux qui s'entête! »

Clipton était presque certain que le singe jaune allait oser. La plupart des officiers rassemblés derrière leur colonel partageaient cette conviction. Il y avait déjà eu plusieurs cas d'exécution massive lors de la prise de Singapour. Visiblement, Saïto avait fait éloigner la troupe pour ne pas conserver de témoins gênants. Il parlait maintenant en anglais, ordonnant aux officiers de prendre des outils et de se rendre au travail.

La voix du colonel Nicholson se fit entendre de nouveau. Il déclara qu'ils n'obéiraient pas. Personne ne bougea. Saïto prononça un autre commandement. Des bandes furent engagées dans les mitrailleuses, et les canons furent pointés sur le groupe.

« Doc, gémit de nouveau le soldat à côté de Clipton. Doc, le vieux ne cédera pas, je vous dis... Il ne comprend pas. Il faut faire quelque chose! »

Ces paroles réveillèrent Clipton, qui s'était senti jusque-là paralysé. Il était évident que « le vieux » ne se rendait pas compte de la situation. Il ne soupçonnait pas que Saïto irait jusqu'au bout. Il était urgent de faire quelque chose, comme disait le soldat, de lui expliquer qu'il ne pouvait pas sacrifier ainsi une vingtaine d'hommes, par entêtement et par amour des principes; que, ni son honneur ni sa dignité ne souffriraient parce qu'il se serait incliné devant la force brutale, comme tous l'avaient fait dans les autres camps. Les mots se pressaient sur sa bouche. Il se précipita au dehors en interpellant Saïto.

« Attendez, colonel, un moment; je vais lui expliquer! »

Le colonel Nicholson lui jeta un regard sévère.

« Cela suffit, Clipton. Il n'y a rien du tout à m'expliquer. Je sais très bien ce que je fais. »

Le médecin n'eut d'ailleurs pas le temps de joindre le groupe. Deux gardes s'étaient brutalement emparés de lui et l'immobilisaient. Mais sa brusque sortie paraissait tout de même avoir fait réfléchir Saïto qui hésita. Tout d'une traite, très vite, Clipton lui cria, certain que les autres Japonais ne comprendraient pas.

« Je vous avertis, colonel, que j'ai été témoin de toute la scène, moi et les quarante malades de l'hôpital. Il ne sera pas possible d'invoquer une révolte collective ou une tentative d'évasion. »

C'était la dernière carte, dangereuse, à jouer. Même aux yeux des autorités japonaises, Saïto n'aurait pas pu justifier cette exécution sans une excuse. Il ne devait pas conserver de témoin britannique. Ou bien, logique jusqu'au bout, il allait faire massacrer tous les malades, avec leur médecin, ou bien, il lui faudrait renoncer à sa vengeance.

Clipton sentit qu'il avait temporairement gagné la partie. Saïto parut réfléchir un long moment. En fait, il étouffait entre sa haine et l'humiliation d'une défaite, mais il ne donna pas l'ordre de tirer.

Il ne donna d'ailleurs aucun ordre aux servants, qui restèrent assis devant leur mitrailleuse, l'arme pointée. Ils demeurèrent ainsi longtemps, très longtemps, car Saïto ne pouvait pas accepter de « perdre la face » au point de commander le retrait des pièces. Ils passèrent là une grande partie de la matinée, sans se risquer à bouger, jusqu'à ce que le terrain de rassemblement fût désert.

C'était un succès très relatif, et Clipton n'osait pas trop penser au sort qui attendait les rebelles. Il se consolait en se disant qu'il avait évité le pire. Des gardes emmenèrent les officiers vers la prison du camp. Le colonel Nicholson fut entraîné par deux géants coréens, qui faisaient partie de la garde personnelle de Saïto. Il fut conduit dans le bureau du colonel japonais, petite pièce qui communiquait avec sa chambre, ce qui lui permettait d'aller fréquemment rendre visite à sa réserve d'alcool. Saïto suivit lentement son prisonnier et poussa soigneusement la porte. Bientôt, Clipton, qui dans le fond avait le cœur sensible, frémit en entendant le bruit des coups.

V

Après avoir été battu pendant une demi-heure, le colonel fut placé dans une cabane qui ne contenait ni couche, ni siège, et où il était obligé de s'allonger dans la boue humide couvrant le sol, lorsqu'il était fatigué de rester debout. On lui donna comme nourriture un bol de riz couvert de sel, et Saïto le prévint qu'il le laisserait là jusqu'à ce qu'il fût décidé à obéir.

Pendant une semaine, il ne vit d'autre figure que celle d'un garde coréen, une brute à face de gorille, qui rajoutait chaque jour, de sa propre autorité, un peu de sel à la ration de riz. Il se forçait cependant à avaler quelques bouchées, puis lampait d'un seul coup son insuffisante ration d'eau, et se couchait sur le sol, essayant de mépriser ses souffrances. Il lui était interdit de sortir de sa cellule, qui devint un cloaque abject.

Au bout de cette semaine, Clipton obtint enfin la permission de lui rendre visite. Auparavant, le docteur fut convoqué par Saïto, auquel il trouva l'air sombre d'un despote anxieux. Il le devina oscillant entre la colère et l'inquiétude qu'il tentait de dissimuler sous un ton froid.

« Je ne suis pas responsable de ce qui arrive, dit-il. Le pont de la rivière Kwaï doit être construit rapidement, et un officier nippon ne peut pas tolérer cette bravade. Faites-lui comprendre que je ne céderai pas. Dites-lui que le même traitement est appliqué par sa faute à tous les officiers. Si cela ne suffit pas, les soldats souffriront de son entêtement. Je vous ai laissés tranquilles jusqu'ici, vous et vos malades. J'ai poussé la bonté jusqu'à accepter qu'ils soient exemptés de travail. Je considérerai cette bonté comme une faiblesse s'il persiste dans son attitude. »

Il le congédia sur ces paroles menaçantes et Clipton fut conduit devant le prisonnier. Il fut d'abord bouleversé et épouvanté par la condition à laquelle son chef était réduit et par la dégradation physique que son organisme avait subie en si peu de temps. Le son de la voix, à peine perceptible, semblait un écho lointain et étouffé des accents autoritaires que le médecin avait encore dans l'oreille. Mais ce n'étaient là que des apparences. L'esprit du colonel Nicholson n'avait éprouvé aucune métamorphose, et les paroles qu'il prononçait étaient toujours les mêmes, quoique émises sur un timbre différent. Clipton, décidé en entrant à le persuader de céder, se rendit compte qu'il n'avait aucune chance de le convaincre. Il épuisa rapidement les arguments préparés, puis resta court. Le colonel ne discuta même pas et dit simplement :

« Faites part aux autres de ma volonté absolue. En aucune circonstance, je ne puis tolérer qu'un officier de mon régiment travaille comme un manœuvre. »

Clipton quitta la cellule, partagé une fois encore entre l'admiration et l'exaspération, en proie à une troublante incertitude quant à la conduite de son chef, hésitant à le vénérer comme un héros ou à le considérer comme un effroyable imbécile, se demandant s'il ne serait pas opportun de prier le Seigneur pour qu'il rappelât à lui le plus tôt possible, en lui accordant l'auréole des martyrs, un fou dangereux dont la conduite risquait d'attirer les pires catastrophes sur le camp de la rivière Kwaï. Saïto avait dit à peu près la vérité. Un traitement à peine plus humain était appliqué aux autres officiers, et la troupe subissait à chaque instant les brutalités des gardes. En s'en allant, Clipton songeait aux périls qui menaçaient ses malades.

Saïto devait avoir guetté sa sortie, car il se précipita vers lui, et une réelle angoisse se lisait dans ses yeux lorsqu'il demanda :

« Alors? »

Il était à jeun. Il paraissait déprimé. Clipton tenta d'évaluer ce que l'attitude du colonel pouvait lui faire perdre de prestige, se ressaisit, et décida de se montrer énergique.

« Alors? Le colonel Nicholson ne cédera pas à la force; ses officiers, non plus. Et, étant donné le traitement qui lui est infligé, je ne lui ai pas conseillé de le faire. »

Il protesta contre le régime des prisonniers punis,

invoquant, lui aussi, les conventions internationales, puis le point de vue médical, enfin la simple humanité, allant jusqu'à proclamer qu'un traitement aussi cruel équivalait à un assassinat. Il s'attendait à une réaction violente, mais il n'y en eut pas. Saïto murmura seulement que tout cela était la faute du colonel, et le quitta précipitamment. Clipton pensa en cet instant qu'il n'était pas, au fond, réellement méchant, et que ses actes pouvaient très bien s'expliquer par la superposition de différentes sortes de peur : la crainte de ses chefs, qui devaient le harceler au sujet du pont, et celle de ses subordonnés, vis-à-vis desquels il « perdait la face », en apparaissant incapable de se faire obéir.

Sa tendance naturelle à la généralisation amena Clipton à voir en cette combinaison de terreurs, celle des supérieurs et celle des inférieurs, la source principale des calamités humaines. En exprimant pour lui-même cette pensée, il lui sembla avoir lu autrefois, quelque part, une maxime analogue. Il en ressentit une certaine satisfaction mentale, qui apaisa un peu son émoi. Il poussa un peu plus loin sa méditation, et la termina sur le seuil de l'hôpital, en concluant que tout le reste de ces calamités, probablement les plus terribles en ce monde, étaient imputables à ceux qui n'avaient ni supérieurs ni inférieurs.

Saïto dut réfléchir. Le traitement du prisonnier fut adouci pendant la semaine suivante, au bout de laquelle il vint le voir et lui demander s'il était enfin décidé à se conduire comme un « gentleman ».

Il était arrivé calme, avec l'intention de faire appel à sa raison; mais devant son refus obstiné de discuter une question déjà tranchée, il se monta de nouveau la tête et se haussa à cet état de délire où il ne présentait plus aucun caractère civilisé. Le colonel fut encore battu, et le Coréen à face de singe reçut des ordres sévères pour que le régime inhumain des premiers jours fût rétabli. Saïto rossa même le garde. Il ne se connaissait plus lorsqu'il était dans un de ces accès, et l'accusa de se montrer trop doux. Il gesticulait comme un insensé dans la cellule, brandissant un pistolet et menaçant d'exécuter de sa propre main le geôlier et le prisonnier, pour rétablir la discipline.

Clipton, qui essaya d'intervenir encore une fois, fut frappé lui aussi, et son hôpital fut vidé de tous les malades qui pouvaient se tenir sur leurs jambes. Ils durent se traîner jusqu'au chantier, et charrier des matériaux, pour éviter d'être flagellés à mort. Pendant quelques jours, la terreur régna sur le camp de la rivière Kwaï. Le colonel Nicholson répondait aux mauvais traitements par un silence hautain.

L'âme de Saïto semblait se muer alternativement en celle d'un master Hyde, capable de toutes les atrocités, puis en celle d'un docteur Jeckill, relativement humain. La crise de violence apaisée, un régime extraordinairement adouci lui succéda. Le colonel Nicholson fut autorisé à recevoir, non seulement une ration complète, mais des suppléments réservés, en principe, aux malades. Clipton eut la permision de le voir, de le soigner, et Saïto l'avertit qu'il le tenait personnellement responsable de la santé du colonel.

Un soir, Saïto fit amener son prisonnier dans sa chambre et ordonna aux gardes de se retirer. Seul avec lui, il le fit asseoir, sortit d'une cantine une boîte de corned beef américain, des cigarettes et une bouteille du meilleur whisky. Il lui dit que, comme militaire, il admirait profondément sa conduite, mais que c'était la guerre, dont ils n'étaient responsables ni l'un ni l'autre. Il devait bien comprendre que lui, Saïto, était obligé d'obéir aux ordres de ses chefs. Or, ces ordres spécifiaient que le pont de la rivière Kwaï devait être construit rapidement. Il était donc obligé d'employer toute la main-d'œuvre disponible. Le colonel refusa le corned beef, les cigarettes et le whisky, mais écouta avec intérêt le discours. Il répondit calmement que Saïto ne possédait aucune notion sur la manière efficace d'exécuter un travail aussi considérable.

Il était revenu à ses arguments initiaux. La querelle semblait devoir s'éterniser. Aucun être ne pouvait prévoir si Saïto allait discuter raisonnablement, ou bien se laisser aller à un nouvel accès de folie. Il resta longtemps silencieux, pendant que ce point se débattait probablement en une dimension mystérieuse de l'univers. Le colonel en profita pour placer une question.

« Puis-je vous demander, colonel Saïto, si vous êtes satisfait des premiers travaux? »

Cette question perfide aurait aussi bien pu faire pencher la balance vers la crise d'hystérie, car les travaux avaient très mal commencé, et c'était là un des principaux soucis du colonel Saïto, dont la situation personnelle était engagée dans cette bataille, au même titre que l'honneur. Cependant, ce n'était pas l'heure de master Hyde. Il perdit contenance, baissa les yeux, et marmotta une réponse indistincte. Ensuite, il mit un verre plein de whisky dans la main du prisonnier, s'en servit lui-même une large rasade et dit :

« Voyons, colonel Nicholson, je ne suis pas certain que vous m'ayez bien compris. Il ne doit pas y avoir de malentendu entre nous. Quand j'ai dit que tous les officiers devaient travailler, je n'ai jamais pensé à vous, leur chef. Mes ordres concernaient seulement les autres...

— Aucun officier ne travaillera », dit le colonel en reposant son verre sur la table.

Saïto réprima un mouvement d'impatience et s'appliqua à conserver son calme.

« J'ai même réfléchi depuis quelques jours, reprit-il. Je crois que je pourrais occuper les commandants à des besognes administratives. Seuls, les officiers subalternes mettront la main à la pâte, et...

— Aucun officier ne travaillera de ses mains, dit le colonel Nicholson. Les officiers doivent commander leurs hommes. »

Saïto fut alors incapable de contenir plus longtemps sa fureur. Mais lorsque le colonel regagna sa cellule, ayant réussi à maintenir ses positions intactes, malgré les tentations, les menaces, les coups, et presque les supplications, il était convaincu que la partie était bien engagée, et que l'ennemi ne tarderait pas à capituler.

VI

L'OUVRAGE n'avançait pas. Le colonel avait fait douloureusement vibrer une corde sensible en demandant à Saïto où en était l'exécution des travaux, et il avait porté un sage jugement en prévoyant que la nécessité amènerait le Japonais à céder.

A la fin de ces trois premières semaines, non seulement le pont n'était pas ébauché, mais les quelques opérations préliminaires avaient été si ingénieusement effectuées par les prisonniers qu'un certain temps serait nécessaire pour réparer les erreurs commises.

Rendu furieux par le traitement infligé à leur chef, dont ils avaient apprécié la fermeté et le courage, exaspérés par le chapelet d'injures et de coups que les gardes faisaient pleuvoir sur eux, enragés de devoir travailler comme des esclaves à un ouvrage précieux pour l'ennemi, désemparés d'être séparés de leurs officiers et de ne pas entendre les commandements habituels, les soldats britanniques rivalisaient à montrer le moins d'entrain possible ou, mieux encore, à commettre les bévues les plus grossières, en feignant la bonne volonté.

Aucune punition ne pouvait abattre leur ardeur perfide, et le petit ingénieur japonais en pleurait parfois de désespoir. Les sentinelles n'étaient pas assez nombreuses pour les surveiller à chaque seconde, ni assez intelligentes pour se rendre compte des malfaçons. Le piquetage des deux tronçons de voie avait dû être recommencé vingt fois. Les alignements, les courbes savamment calculées et jalonnées de bâtons blancs par l'ingénieur se transformaient, dès qu'il avait le dos tourné, en un labyrinthe de lignes brisées, coupées d'angles extravagants, qui lui arrachaient des exclamations pitoyables à son retour. De chaque côté de la rivière, les deux extrémités que devait relier le pont présentaient d'impressionnantes différences de niveau, et n'aboutissaient jamais l'une en face de l'autre. Une des équipes se mettait soudain à creuser le sol avec acharnement, obtenait finalement une sorte de cratère, descendant beaucoup plus bas que le niveau prescrit, pendant que la sentinelle, stupide, se réjouissait de voir les hommes mettre enfin du cœur à l'ouvrage. Quand l'ingénieur paraissait, il entrait en rage, et battait indistinctement les prisonniers et les gardes. Ceux-ci, comprenant qu'ils avaient été bernés une fois de plus, se vengeaient à leur tour, mais le mal était fait, et il fallait plusieurs heures ou plusieurs jours pour le réparer.

Un groupe d'hommes avait été envoyé dans la jungle pour y abattre des arbres propres à la construction du pont. Ils faisaient une sélection soigneuse et ramenaient les espèces les plus tortueuses et les plus frêles; ou bien ils se dépensaient en efforts considérables pour couper un arbre géant, qui tombait dans la rivière et qu'il était impossible d'en retirer; ou encore, ils choisissaient des bois intérieurement rongés par les insectes et incapables de supporter la moindre charge.

Saïto, qui venait chaque jour inspecter le chantier, exhalait sa fureur en manifestations de plus en plus violentes. Il injuriait, menaçait et frappait à son tour, s'en prenant même à l'ingénieur, qui se rebiffait, et déclarait que la main-d'œuvre ne valait rien. Alors, il hurlait plus fort des imprécations plus terribles et essayait d'imaginer de nouveaux procédés barbares pour mettre fin à cette sourde opposition. Il fit souffrir les prisonniers comme peut seulement le faire un geôlier rancunier, à peu près livré à lui-même, et en proie à la terreur d'être limogé comme incapable. Ceux qui avaient été pris en flagrant délit de mauvaise volonté ou de sabotage furent attachés aux arbres, frappés à coups de baguettes hérissées d'épines, et laissés ainsi des heures entières, ensanglantés, nus, exposés aux fourmis et au soleil des tropiques. Clipton en vit arriver le soir à son hôpital, portés par des camarades, en proie à une violente fièvre et le dos à vif. Il ne pouvait même pas les conserver longtemps. Saïto ne les oubliait pas. Dès qu'ils étaient capables de se traîner, il les renvoyait sur le chantier et ordonnait aux gardes de les surveiller spécialement.

L'endurance de ces mauvaises têtes parvenait

à émouvoir Clipton, et parfois lui arrachait des larmes. Il était stupéfait de les voir résister à ce traitement. Il y en avait toujours un parmi eux qui, seul avec lui, trouvait la force de se redresser, et de murmurer en clignant de l'œil, dans un langage qui commençait à se généraliser chez tous les prisonniers de Birmanie et de Thaïlande.

« Le « f..ing bridge » n'est pas encore construit, Doc; le « f...ing railway » du « f...ing » Empereur n'a pas encore traversé la « f...ing » rivière de ce « f...ing » pays. Notre « f...ing » colon a raison, et il sait ce qu'il fait. Si vous le voyez, dites-lui que nous sommes tous avec lui, et que ce « f...ing » singe n'en a pas encore fini avec la « f...ing » armée anglaise! »

Les violences les plus féroces n'avaient abouti à aucun résultat. Les hommes s'y étaient accoutumés. L'exemple du colonel Nicholson était pour eux une griserie plus puissante que celle de la bière et du whisky dont ils étaient privés. Quand l'un d'eux avait subi une punition trop forte pour pouvoir continuer, sous peine de représailles mettant sa vie en danger, il s'en trouvait toujours un autre pour le relayer. C'était un roulement établi.

Ils avaient encore plus de mérite, pensait Clipton, lorsqu'ils résistaient à la doucereuse hypocrisie que montrait Saïto, en ces heures de découragement où il s'apercevait avec tristesse qu'il avait épuisé la série des tortures courantes et que son imagination répugnait à en inventer d'autres.

Il les fit rassembler, un jour, devant son bureau, après avoir fait cesser le travail plus tôt que de coutume, pour éviter de les surmener, leur dit-il. Il leur fit distribuer des gâteaux de riz et des fruits, achetés aux paysans thaïs d'un village voisin, cadeau de l'armée nippone pour les inciter à ne pas ralentir leurs efforts. Il abdiqua tout orgueil et se vautra dans la bassesse. Il se glorifia d'être comme eux un homme du peuple, simple, ne cherchant qu'à faire son devoir sans avoir d'ennuis. Les officiers, leur fit-il observer, augmentaient la tâche de chaque homme par leur refus de travailler. Il comprenait leur rancune et ne leur en voulait pas. Il leur en voulait si peu qu'il avait, de sa propre autorité, et pour prouver sa sympathie, diminué cette tâche. L'ingénieur l'avait fixée, pour le remblai, à un mètre cube et demi de terre par homme; eh bien, lui, Saïto, décidait de la ramener à un mètre cube. Il faisait cela parce qu'il avait pitié de leurs souffrances, dont il n'était pas responsable. Il espérait que, devant ce geste fraternel, ils feraient preuve de bonne volonté, en terminant vite ce travail facile, qui devait servir à raccourcir la durée de cette maudite guerre.

A la fin de son discours, il eut presque des accents suppliants, mais les prières n'eurent pas plus d'effet que les tortures. Le lendemain, la tâche fut respectée. Chaque homme creusa et transporta scrupuleusement son mètre cube de terre. Certains, même, davantage; mais le point où cette terre était apportée était une insulte au plus élémentaire bon sens.

Ce fut Saïto qui céda. Il était à bout de ressources, et l'entêtement de ses prisonniers avait fait de lui un objet digne de pitié. Dans les temps qui précédèrent sa défaite, il parcourait le camp avec l'œil hagard d'une bête aux abois. Il alla jusqu'à implorer les plus jeunes lieutenants de choisir eux-mêmes leur travail, promettant des primes spéciales et un régime très supérieur à l'ordinaire. Mais tous restèrent inébranlables et, comme il était sous le coup d'une inspection des hautes autorités japonaises, il se résigna à une capitulation honteuse.

Il ébaucha une manœuvre désespérée pour « sauver la face » et camoufler sa déroute, mais cette piteuse tentative ne trompa même pas ses propres soldats. Le 7 décembre 1942 étant l'anniversaire de l'entrée en guerre du Japon, il fit proclamer qu'en l'honneur de cette date il prenait sur lui de lever toutes les punitions. Il eut un entretien avec le colonel et lui annonça qu'il avait pris une mesure d'une extrême bienveillance : les officiers seraient exemptés de travail manuel. En contrepartie, il espérait que ceux-ci auraient à cœur de diriger l'activité de leurs hommes, pour en obtenir un bon rendement.

Le colonel Nicholson déclara qu'il verrait ce qu'il aurait à faire. A partir du moment où les positions étaient établies sur une base correcte, il n'y avait pas de raison pour qu'il cherchât à s'opposer au programme de ses vainqueurs. Comme dans toutes les armées civilisées, les officiers, cela était évident pour lui, seraient responsables de la conduite de leurs soldats.

C'était une capitulation totale du parti japonais.

La victoire fut célébrée, ce soir-là, dans le camp britannique, par des chants, des hurrahs et une ration de riz supplémentaire que, en grinçant des dents, Saïto avait donné l'ordre de distribuer, pour souligner son geste. Le même soir, le colonel japonais s'enferma de bonne heure dans sa chambre, pleura son honneur souillé, et noya sa rage dans des libations solitaires qui durèrent sans interruption jusqu'au milieu de la nuit; jusqu'à ce qu'il se fût abattu, ivre mort, sur sa couche, état auquel il ne se haussait que dans des circonstances exceptionnelles, car il avait une capacité singulière, lui permettant généralement de résister aux mélanges les plus barbares.

VII

Le colonel Nicholson, accompagné de ses conseillers habituels, le commandant Hughes et le capitaine Reeves, se dirigea vers la rivière Kwaï, en suivant le remblai de la voie auquel travaillaient les prisonniers.

Il marchait lentement. Rien ne le pressait. Tout de suite après sa libération, il avait remporté une deuxième victoire en obtenant, pour lui et ses officiers, quatre jours de repos complet, pour compenser la punition injustement subie. Saïto avait serré les poings en songeant à ce nouveau retard, mais s'était incliné. Il avait même donné des ordres pour que les prisonniers fussent convenablement traités, et avait écrasé la face d'un de ses soldats, sur laquelle il avait cru voir un sourire ironique.

Si le colonel Nicholson avait demandé quatre jours de détente, ce n'était pas seulement pour recouvrer ses forces, après l'enfer qu'il avait traversé, c'était aussi pour réfléchir, faire le point de la situation, la discuter avec son état-major, et établir un plan de conduite, comme doit le faire tout chef consciencieux, au lieu de se lancer tête baissée dans des improvisations, ce qu'il haïssait par-dessus tout.

Il ne lui avait pas fallu longtemps pour se rendre compte des malfaçons systématiques commises par ses hommes. Hughes et Reeves ne purent s'empêcher de s'exclamer en apercevant les surprenants résultats de leur activité :

« Admirable remblai pour une voie ferrée! dit Hughes. Sir, je suggère que vous citiez les responsables à l'ordre du régiment. Quand on songe que des trains chargés de munitions doivent rouler là-dessus! »

Le colonel conserva un visage grave.

« Du beau travail, renchérit le capitaine Reeves, ancien ingénieur des Travaux publics. Aucune personne sensée ne pourrait croire que leur intention soit de faire passer un chemin de fer sur ces montagnes russes. J'aimerais mieux affronter de nouveau l'armée japonaise, sir, que faire un voyage sur cette ligne. »

Le colonel resta silencieux et posa une question :

« A votre avis, Reeves, votre avis de technicien, tout ceci peut-il être d'une utilité quelconque?

— Je ne pense pas, sir, dit Reeves, après avoir réfléchi. Ils auraient plus vite fait d'abandonner ce gâchis, et de construire une autre voie, un peu plus loin. »

Le colonel Nicholson parut de plus en plus préoccupé. Il hocha la tête et continua sa marche en silence. Il tenait à voir l'ensemble du chantier avant de se faire une opinion.

Ils arrivèrent près de la rivière Kwaï. Une équipe d'une cinquantaine d'hommes, à peu près nus, portant seulement le triangle d'étoffe attribué comme uniforme de travail par les Japonais, s'affairait autour de la voie. Une sentinelle, le fusil sur l'épaule, se promenait devant eux. Une partie de l'équipe creusait le sol à quelque distance; l'autre transportait la terre sur des claies en bambou et la jetait de part et d'autre d'une ligne jalonnée par des piquets blancs. Le tracé initial était perpendiculaire à la berge, mais la perfide ingéniosité des prisonniers avait réussi à le rendre presque parallèle à celle-ci. L'ingénieur japonais n'était pas là. On l'apercevait, de l'autre côté du cours d'eau, gesticulant au milieu d'un autre groupe, que des radeaux transportaient chaque matin sur la rive gauche. On entendait aussi des vociférations.

« Qui a planté cette ligne de piquets? demanda le colonel en s'arrêtant.

— « Il » l'a fait, sir, dit un caporal anglais, en se mettant au garde-à-vous devant son chef, et en montrant du doigt l'ingénieur. « Il » l'a fait, mais je l'ai un peu aidé. J'ai fait une petite rectification après son départ. Nos idées ne correspondent pas toujours, sir. »

Et comme la sentinelle s'était un peu éloignée, il en profita pour cligner de l'œil silencieusement. Le colonel Nicholson ne répondit pas à ce signe d'intelligence. Il resta sombre.

« Je vois », dit-il sur un ton glacial.

Il passa son chemin sans autre commentaire et fit halte devant un autre caporal. Celui-ci, aidé de quelques hommes, dépensait une énergie considérable à débarrasser le chantier d'énormes racines en les hissant au sommet d'une pente au lieu de les faire rouler jusqu'au bas du ravin, sous l'œil inexpressif d'un autre soldat japonais.

« Combien d'hommes au travail, ce matin, dans cette équipe? » demanda impérieusement le colonel.

Le garde le dévisagea avec des yeux ronds, se demandant s'il était bien dans ses consignes de laisser ainsi interpeller les prisonniers; mais le ton était si autoritaire qu'il resta immobile. Le caporal se releva vivement et répondit d'une voix hésitante.

« Vingt ou vingt-cinq, sir, je ne sais pas très bien. Un homme s'est senti malade en arrivant sur le chantier. Un éblouissement subit... et incompréhensible, sir, car il était en bonne santé au réveil. Trois ou quatre de ses camarades ont été « obligés » de le porter à l'hôpital, sir, car il ne pouvait pas marcher. Ils ne sont pas encore revenus. C'était l'homme le plus lourd et le plus solide de l'équipe, sir. Dans ces conditions, il nous sera impossible de finir notre tâche, sir. Tous les malheurs semblent se liguer contre ce railway.

— Les caporaux, dit le colonel, doivent savoir exactement le nombre d'hommes qu'ils commandent... Et quelle est cette tâche?

— Un mètre cube de terre par homme et par jour, sir, à creuser et à transporter. Avec ces damnées racines d'arbre, sir, j'ai l'impression que ce sera encore au-dessus de nos forces.

— Je vois », dit le colonel encore plus sèchement.

Il s'éloigna en murmurant entre ses dents quelques mots incompréhensibles. Hughes et Reeves le suivirent.

Il monta avec sa suite sur une élévation d'où il dominait le fleuve et l'ensemble des travaux. La rivière Kwaï avait, à cet endroit, plus de cent mètres de large, et les berges s'élevaient très haut au-dessus de l'eau. Le colonel inspecta le terrain dans toutes les directions, puis parla à ses subordonnés. Il énonça des lieux communs, mais d'une voix qui avait repris toute sa vigueur.

« Ces gens-là, je veux dire les Japonais, sont tout juste sortis de l'état de sauvagerie, et trop vite. Ils ont essayé de copier nos méthodes, mais ne les ont pas assimilées. Enlevez-leur les modèles et les voilà perdus. Ici, dans cette vallée, ils sont incapables de réussir dans une entreprise qui demande un peu d'intelligence. Ils ignorent que l'on gagne du temps à réfléchir un peu à l'avance, au lieu de s'agiter dans le désordre. Qu'en pensez-vous, Reeves? Les voies ferrées et les ponts, c'est votre partie.

— Certes, sir, répondit le capitaine avec une vivacité instinctive. J'ai construit aux Indes plus de dix ouvrages de cette sorte. Avec le matériel qui se trouve dans la jungle, et la main-d'œuvre dont nous disposons, un ingénieur qualifié bâtirait le pont en moins de six mois... Il y a des moments, je l'avoue, où leur incompétence me fait bouillir!

— Moi aussi, reconnut Hughes. Je confesse que le spectacle de cette anarchie m'exaspère parfois. Quand il est si simple de...

— Et moi donc, coupa le colonel, croyez-vous que ce scandale me réjouisse? Ce que j'ai vu ce matin m'a véritablement choqué.

— En tout cas, je crois que nous pouvons être tranquilles pour l'invasion des Indes, sir, dit en riant le capitaine Reeves, si, comme ils le prétendent, leur ligne doit servir à cela... Le pont de la rivière Kwaï n'est pas encore prêt à supporter leurs trains! »

Le colonel Nicholson suivait sa propre pensée et ses yeux bleus fixèrent ses collaborateurs.

« Gentlemen, dit-il, je crois qu'il nous faudra à tous beaucoup de fermeté pour reprendre nos hommes en main. Ils ont contracté avec ces barbares des habitudes de laisser aller et de paresse incompatibles avec leur condition de soldats anglais. Il y faudra de la patience aussi, et du tact, car ils ne peuvent pas être tenus directement responsables de cet état de choses. L'autorité leur est nécessaire, et il n'y en avait pas. Les coups ne peuvent pas la remplacer. Ce que nous avons vu en est une preuve... De l'agitation désordonnée, mais rien de positif. Ces Asiatiques ont démontré eux-mêmes leur incompétence en matière de commandement. »

Il y eut un silence pendant lequel les deux officiers s'interrogèrent intérieurement sur la signification réelle de ces paroles. Elles étaient claires. Ce langage ne dissimulait aucun sous-entendu. Le colonel Nicholson parlait avec son habituelle droiture. Il réfléchit encore profondément et reprit :

« Je vous recommande donc, comme je le ferai

à tous les officiers, un effort de compréhension dans les débuts. Mais dans aucun cas notre patience ne devra aller jusqu'à la faiblesse, ou alors nous sombrerions bientôt aussi bas que ces primitifs. Je parlerai d'ailleurs moi-même aux hommes. Dès aujourd'hui, nous devons corriger les fautes les plus choquantes. Les hommes ne doivent évidemment pas s'absenter du chantier au moindre prétexte. Les caporaux doivent répondre sans hésitation aux questions qu'on leur pose. Je n'ai pas besoin d'insister sur la nécessité de réprimer fermement toute velléité de sabotage ou de fantaisie. Une voie ferrée doit être horizontale, et non pas présenter des montagnes russes, comme vous l'avez dit très justement, Reeves... »

DEUXIÈME PARTIE

I

A CALCUTTA, le colonel Green, chef de la « Force 316 », relisait attentivement un rapport qui lui était parvenu, après avoir suivi une filière compliquée, enrichi des commentaires écrits par une demi-douzaine de services occultes, militaires ou assimilés. La Force 316 (« Plastic & Destructions Co. Ltd. », comme l'appelaient les initiés) n'avait pas encore atteint le développement qu'elle devait prendre, en Extrême-Orient, à la fin de la guerre, mais elle s'occupait déjà avec activité, amour, et dans un but précis, des installations japonaises dans les pays occupés de Malaisie, de Birmanie, de Thaïlande et de Chine. Elle tâchait à remplacer la faiblesse de ses moyens par l'audace de ses exécutants.

« C'est bien la première fois que je les vois tous d'accord, dit à voix basse le colonel Green. Nous devons tenter quelque chose. »

La première partie de cette remarque était faite à l'adresse des nombreux services secrets, avec lesquels la Force 316 devait obligatoirement collaborer, qui, séparés par des cloisons étanches, jaloux de conserver le monopole de leurs procédés, aboutissaient souvent à des conclusions contradictoires. Cela mettait en rage le colonel Green, qui devait établir un plan d'action d'après les informations reçues — L'« action » était le domaine de la Force 316; le colonel Green ne consentait à s'intéresser aux théories et aux discussions que dans la mesure où celles-ci convergeaient vers elle. Il était même connu pour exposer cette conception à ses subordonnés au moins une fois par jour. — Il lui fallait passer une partie de son temps à essayer de dégager la vérité des rapports en tenant compte, non seulement des renseignements eux-mêmes, mais aussi des tendances psychologiques des différents organismes émetteurs (optimisme, pessimisme, velléité de broder inconsidérément sur les faits ou, au contraire, incapacité totale d'interprétation).

Une place spéciale était réservée dans le cœur du colonel Green pour le vrai, le grand, le fameux, l'unique « Intelligence Service », qui, se considérant comme d'essence purement spirituelle, refusait systématiquement de collaborer avec le corps exécutif, s'enfermait dans une tour d'ivoire, ne laissait voir ses documents les plus précieux à aucun être capable d'en tirer parti, sous prétexte qu'ils étaient trop secrets, et les rangeait soigneusement dans un coffre-fort. Ils restaient là pendant des années jusqu'à ce qu'ils fussent devenus inutilisables — plus précisément, jusqu'à ce que, la guerre finie depuis longtemps, un des grands patrons éprouvât le besoin d'écrire ses mémoires avant de mourir, de se confier à la postérité, et de révéler à la nation éblouie combien, à telle date et en telle circonstance, le service avait été subtil en pénétrant le plan complet de l'ennemi : le point et l'époque où celui-ci devait frapper avaient été déterminés à l'avance avec une grande précision. Ces pronostics étaient rigoureusement exacts, puisque ledit ennemi avait effectivement frappé dans ces conditions, et avec le succès qui avait été également prévu.

Telle était du moins la façon de voir, peut-être un peu excessive, du colonel Green, qui n'appréciait pas la théorie de l'art pour l'art en matière de renseignements. Il grommela une remarque incompréhensible en songeant à quelques aventures précédentes; puis, devant la précision et le miraculeux accord des renseignements dans le cas présent, il se sentit presque chagrin de devoir reconnaître que les services avaient accompli, cette fois-ci, une besogne utile. Il se consola en concluant, avec une certaine mauvaise foi, que les informations contenues dans le rapport étaient depuis longtemps connues dans toutes les Indes. Enfin, il les résuma et les classa dans sa tête, songeant à les utiliser.

« Le railway de Birmanie et de Thaïlande est en cours de construction. Soixante mille prisonniers alliés amenés par les Japonais servent de main-d'œuvre et y travaillent dans d'effroyables conditions. Malgré de terribles pertes, il est à prévoir que l'ouvrage, d'une importance considérable pour l'ennemi, sera achevé dans quelques mois. Ci-joint un tracé approximatif. Il comporte plusieurs traversées de rivières sur des ponts en bois... »

A ce point de sa récapitulation mentale, le colonel Green sentit toute sa bonne humeur revenue et eut un demi-sourire de satisfaction. Il poursuivit :

« Le peuple thaï est très mécontent de ses protecteurs, qui ont réquisitionné le riz et dont les soldats se conduisent comme en pays conquis. En particulier, les paysans sont très surexcités dans la région du railway. Plusieurs officiers supérieurs de l'armée de Thaïlande, et même quelques membres de la cour royale, ont pris secrètement contact avec les Alliés et sont prêts à appuyer à l'intérieur une action antijaponaise, pour laquelle de nombreux partisans sont volontaires. Ils demandent des armes et des instructeurs.

« Il n'y a pas à hésiter, conclut le colonel Green. Il faut que j'envoie une équipe dans la région du railway. »

Sa décision prise, il réfléchit longuement aux diverses qualités que devrait posséder le chef de cette expédition. Après de laborieuses éliminations, il convoqua le commandant Shears, ancien officier de cavalerie, passé dans la Force 316 dès la fondation de cette institution spéciale, et même un de ses promoteurs. Ce corps n'avait vu le jour que grâce à des initiatives individuelles acharnées, soutenues sans enthousiasme par quelques rares autorités militaires. Shears était récemment arrivé d'Europe, où il avait mené à bien plusieurs missions délicates, quand le colonel Green eut une longue entrevue avec lui. Il lui communiqua tous ses renseignements et lui traça les grandes lignes de sa mission.

« Vous emporterez un peu de matériel avec vous, dit-il, et on vous en parachutera suivant vos besoins. En ce qui concerne l'action, vous verrez vous-même, sur place, mais ne vous pressez pas trop. A mon avis, il vaut mieux attendre l'achèvement du railway, et frapper un grand coup, que risquer de donner l'éveil par quelques interventions sans grande importance. »

Il était inutile de préciser la forme exacte de l'« action », ni le genre de matériel dont il s'agissait. La raison d'exister de la « Plastic & Destructions Co. Ltd. » rendait superflue toute explication complémentaire.

En attendant, Shears devait prendre contact avec les Thaïs, s'assurer de leur bonne volonté et de leur loyauté, puis commencer l'instruction des partisans.

« Je vois votre groupe composé de trois hommes pour l'instant, proposa le colonel Green. Qu'en pensez-vous?

— Cela me paraît convenable, sir, approuva Shears. Il faut au moins un noyau de trois Européens; et, plus nombreux, nous risquerions d'attirer l'attention.

— Nous sommes d'accord. Qui pensez-vous emmener?

— Je suggère Warden, sir.

— Le capitaine Warden? Le professeur Warden? Vous n'avez pas la main malheureuse, Shears. Avec vous, cela fera deux de nos meilleurs éléments.

— J'avais cru comprendre qu'il s'agissait d'une mission importante, sir, dit Shears d'un ton neutre.

— Il s'agit d'une mission très importante, comportant un côté diplomatique et un côté actif.

— Warden est l'homme qu'il me faut pour cela, sir. Un ancien professeur de langues orientales! Il connaît le thaï et saura parler aux indigènes. Il est raisonnable, et ne se surexcite pas... pas plus qu'il n'est nécessaire.

— Prenez Warden. Et l'autre?

— Je vais réfléchir, sir. Probablement un des jeunes qui ont terminé le cours. J'en ai vu plusieurs qui paraissaient convenables. Je vous le dirai demain. »

La Force 316 avait établi une école à Calcutta, où s'instruisaient de jeunes volontaires.

« Bien, regardez cette carte. J'ai marqué les points possibles pour un parachutage, et où les agents affirment que vous pourriez rester cachés chez les Thaïs sans risque d'être découverts. On a déjà fait des reconnaissances aériennes. »

Shears se pencha sur la carte et sur les agrandissements photographiques. Il examina attentivement la région que la Force 316 avait choisie comme théâtre de ses opérations hétérodoxes dans le pays de Thaïlande. Il ressentit le frisson qui le traversait toujours lorsqu'il était sur le point de s'embarquer pour une expédition nouvelle dans un pays inconnu. Toutes les missions de la Force 316 présentaient un aspect excitant, mais l'attrait de l'aventure était cette fois épicé par le caractère sauvage de ces montagnes couvertes de jungle, habitées par un peuple de contrebandiers et de chasseurs.

« Plusieurs endroits paraissent convenables, reprit le colonel Green... Ce petit hameau isolé, par exemple, non loin de la frontière de Birmanie; à deux ou trois jours de marche de la voie ferrée, à ce qu'il paraît. D'après le tracé approximatif, le railway doit traverser par là la rivière... la rivière Kwaï, si le plan est correct... Il y aura là, probablement, un des ponts les plus longs de toute la ligne. »

Shears sourit comme l'avait fait son chef lorsqu'il avait pensé aux nombreuses traversées de rivière.

« Sous réserve d'une étude un peu plus approfondie, sir, je crois que ce point conviendra parfaitement comme quartier général.

— Bon. Il ne reste plus qu'à organiser le parachutage. Ce sera dans trois ou quatre semaines, je pense, si les Thaïs sont d'accord. Avez-vous déjà sauté?

— Jamais, sir. Ce procédé entrait seulement dans la pratique courante pour nous, quand j'ai quitté l'Europe. Warden non plus, je ne crois pas.

— Attendez un instant. Je vais demander aux spécialistes s'ils peuvent vous faire faire quelques séances d'entraînement. »

Le colonel Green s'empara du téléphone, appela une autorité de la R.A.F. et exposa sa demande. La réponse fut assez longue et ne parut pas le satisfaire. Shears, qui ne le quittait pas des yeux, lui trouva son air de mauvaise humeur.

« C'est vraiment votre opinion définitive? » interrogea le colonel Green.

Il resta un moment le sourcil froncé, puis raccrocha l'appareil. Après un moment de silence. il se décida enfin à donner quelques éclaircissements.

« Vous voulez avoir l'avis du spécialiste? Le voici. Il a dit exactement : « Si vous tenez absolu-
« ment à ce que vos hommes fassent quelques
« sauts d'entraînement, je leur en fournirai les
« moyens, mais je ne le conseille vraiment pas; à
« moins qu'ils ne disposent de six mois pour une
« préparation sérieuse. Mon expérience des mis-
« sions de ce genre sur un pareil terrain se résume
« à ceci. S'ils sautent une fois, vous m'entendez, ils
« ont environ cinquante chances sur cent de se
« casser quelque chose. S'ils sautent deux fois, ils
« ont quatre-vingts chances sur cent. S'ils sautent
« trois fois, c'est pour eux une certitude de ne pas
« s'en tirer indemnes. Comprenez-vous? Ce n'est pas
« une question d'entraînement, c'est un problème
« de probabilités. La véritable sagesse consiste à
« les lâcher une seule fois : la bonne. »... Voilà ce qu'il a dit. A vous de décider, maintenant.

— C'est un des gros avantages de notre armée moderne d'avoir des spécialistes pour résoudre toutes les difficultés, sir, répondit gravement Shears. Nous ne pouvons pas espérer être plus malins qu'eux. L'opinion de celui-ci me paraît marquée de bon sens, par-dessus le marché. Je suis certain que l'esprit rationnel de Warden l'appréciera, et qu'il sera de mon avis. Nous sauterons une fois comme il l'a conseillé... la bonne. »

II

« J'AI l'impression, Reeves, que vous n'êtes pas satisfait, dit le colonel Nicholson au capitaine du génie, dont l'attitude exprimait une colère contenue. Qu'y a-t-il?

— Pas satisfait!... Il y a que nous ne pouvons pas continuer ainsi, sir. Je vous assure que c'est impossible. J'avais d'ailleurs pris la résolution de m'ouvrir à vous aujourd'hui même. Et voici le commandant Hughes qui m'approuve.

— Qu'y a-t-il? répéta le colonel en fronçant le sourcil.

— Je suis tout à fait de l'avis de Reeves, sir, dit Hughes, qui s'était écarté du chantier pour rejoindre son chef. Moi aussi, je tiens à vous signaler que cela ne peut pas durer.

— Quoi donc?

— Nous sommes en pleine anarchie. Jamais, dans ma carrière, je n'ai vu une pareille inconscience ni une telle absence de méthode. Nous n'arriverons à rien de cette façon. Nous piétinons.

Tout le monde donne des ordres décousus. Ces gens-là, les Japs, n'ont vraiment aucun sens du commandement. S'ils s'obstinent à se mêler de cette entreprise, jamais elle ne pourra être menée à bien. »

L'activité était incontestablement meilleure depuis que les officiers anglais avaient pris la tête des équipes, mais quoique des progrès fussent perceptibles dans le travail au point de vue de la quantité et de la qualité, il était évident que tout n'allait pas pour le mieux.

« Expliquez-vous. A vous d'abord, Reeves.

— Sir, dit le capitaine en sortant un papier de sa poche, j'ai noté seulement les énormités; sans cela, la liste serait trop longue.

— Allez-y. Je suis là pour écouter les plaintes raisonnables, et considérer toutes les suggestions. Je sens très bien que cela ne va pas. A vous de m'éclairer.

— Eh bien, premièrement, sir, c'est une folie de construire le pont en cet endroit.

— Pourquoi?

— Un fond de vase, sir! Personne n'a jamais entendu parler d'un pont de chemin de fer construit sur un fond mouvant. Seuls, des sauvages comme eux peuvent avoir de ces idées-là. Je vous parie, sir, que le pont va s'effondrer au passage du premier train.

— Ceci est sérieux, Reeves, dit le colonel Nicholson en fixant son collaborateur de ses yeux clairs.

— Très sérieux, sir; et j'ai essayé de le démontrer à l'ingénieur japonais... Un ingénieur? Seigneur, un infâme bricoleur! Allez donc faire entendre raison à un être qui ne sait même pas ce que c'est que la résistance des sols, qui ouvre des yeux ronds quand on lui cite des chiffres de pression, et qui ne parle même pas convenablement l'anglais! J'ai eu pourtant de la patience, sir. J'ai tout tenté pour le convaincre. J'ai même fait une petite expérience, pensant qu'il ne pourrait pas nier le témoignage de ses yeux. J'ai bien perdu ma peine. Il s'obstine à bâtir son pont sur cette vase.

— Une expérience, Reeves? interrogea le colonel Nicholson, en qui ce mot éveillait toujours un puissant intérêt de curiosité.

— Très simple, sir. Un enfant comprendrait. Vous voyez d'ici, ce pilier, dans l'eau, près de la rive? C'est moi qui l'ai fait planter, à coups de masse. Eh bien, il est déjà entré dans la terre d'une très grande longueur, et nous n'avons pas encore trouvé un fond solide. Chaque fois que l'on frappe sur la tête, sir, il s'enfonce encore, comme tous les piliers du pont s'enfonceront sous le poids du train, je le garantis. Il faudrait couler des fondations en béton, et nous n'en avons pas les moyens. »

Le colonel regarda attentivement le pilier et demanda à Reeves s'il était possible de faire l'expérience sous ses yeux. Reeves donna un ordre. Quelques prisonniers s'approchèrent et halèrent une corde. Une lourde masse, suspendue à un échafaudage, tomba deux ou trois fois sur la tête du pieu. Celui-ci s'abaissa d'une manière appréciable.

« Vous voyez, sir, triompha Reeves. Nous pourrions frapper jusqu'à demain, ce serait toujours ainsi. Et il va bientôt disparaître sous l'eau.

— Bien, dit le colonel; combien de pieds dans le sol, actuellement? »

Reeves donna le chiffre exact, qu'il avait noté, et ajouta que les plus grands arbres de la jungle ne suffiraient pas pour atteindre un fond solide.

« Parfait, conclut le colonel Nicholson, avec une satisfaction évidente. Ceci est clair, Reeves. Un enfant, comme vous dites, comprendrait. C'est une démonstration comme je les aime. L'ingénieur n'a pas été convaincu? Je le suis, moi; et mettez-vous bien dans la tête que c'est l'essentiel. Maintenant, quelle solution proposez-vous?

— Déplacer le pont, sir. Je crois qu'à un mile d'ici, à peu près, il y aurait un endroit convenable. Evidemment, il faudrait vérifier...

— Il faut vérifier, Reeves, dit le colonel de sa voix calme, et me donner des chiffres pour que je puisse les convaincre. »

Il nota ce premier point et demanda :

« Autre chose, Reeves?

— Les matériaux pour le pont, sir. Il fait abattre de ces arbres! Nos hommes avaient commencé une savante sélection, n'est-ce pas? Eux, du moins, savaient ce qu'ils faisaient. Eh bien, avec cet ingénieur, c'est à peine mieux, sir. Il fait couper n'importe quoi, n'importe comment, sans se préoccuper si les bois sont durs, mous, rigides, flexibles, et s'ils résisteront aux charges qui leur seront imposées. Une honte, sir! »

Le colonel fit une deuxième entrée sur le bout de papier qui lui servait de carnet.

« Quoi encore, Reeves?

— J'ai gardé cela pour la fin, parce que c'est le plus important, sir. Vous avez pu voir comme moi : la rivière a au moins quatre cents pieds de large. Les berges sont hautes. Le tablier sera à plus de cent pieds au-dessus de l'eau. Il s'agit d'un ouvrage important, n'est-ce pas? Ce n'est pas un jouet d'enfant? Eh bien, j'ai demandé plusieurs fois à cet ingénieur de me montrer son plan d'exécution. Il a secoué la tête à sa manière, comme ils le font tous lorsqu'ils sont embarrassés... jusqu'à ce que je lui aie posé catégoriquement la question. Alors... croyez-le ou non, sir, il n'y a pas de plan. Il n'a pas fait de plan! Il n'a pas l'intention d'en faire un!... Pas eu l'air de savoir de quoi il s'agissait. Parfaitement; il se propose de construire ce pont, comme on jette une passerelle sur un fossé; des bouts de bois plantés au hasard, et quelques poutres par-dessus! Jamais cela ne tiendra, sir. Je suis réellement honteux de participer à un tel sabotage. »

Il était dans un état d'indignation si sincère que le colonel Nicholson jugea bon de prononcer des paroles apaisantes.

« Calmez-vous, Reeves. Vous avez bien fait de vider votre sac, et je comprends fort bien votre point de vue. Chacun a son amour-propre.

— Parfaitement, sir. Je le dis en toute sincérité. J'aimerais mieux subir encore de mauvais traitements qu'aider à l'enfantement de ce monstre

— Je vous donne entièrement raison, dit le colonel en notant ce dernier point. Ceci est évidemment très grave, et nous ne pouvons pas laisser aller les choses ainsi. J'aviserai, je vous le promets... A vous, Hughes. »

Le commandant Hughes était aussi surexcité que son collègue. Cet état était assez étrange pour lui, car il était de tempérament calme.

« Sir, nous ne parviendrons jamais à obtenir une discipline sur le chantier, ni un travail sérieux de nos hommes, tant que les gardes japonais — regardez-les, sir, de véritables brutes! — se mêleront à chaque instant de donner des consignes. Ce matin encore, j'avais divisé chacune des équipes qui travaillent au remblai de la voie en trois groupes : le premier creusait la terre, le deuxième la transportait, le troisième l'étalait et nivelait la digue. J'avais pris la peine de fixer moi-même l'importance de ces groupes et de préciser les tâches, de façon à maintenir une synchronisation...

— Je vois, dit le colonel, de nouveau intéressé. Une sorte de spécialisation du travail.

— Exactement, sir... J'ai tout de même l'habitude de ces terrassements! Avant d'être directeur, j'ai été chef de chantier. J'ai creusé des puits à plus de trois cents pieds de profondeur... Donc, ce matin, mes équipes commencent à travailler ainsi. Cela marchait admirablement. Ils étaient bien en avance sur l'horaire prévu par les Japonais. Bon! Voilà un des gorilles qui s'amène, qui se met à gesticuler en poussant des hurlements, et qui exige la réunion des trois groupes en un seul. Plus facile pour la surveillance, je suppose... idiot! Résultat : le gâchis, la pagaïe, l'anarchie. Ils se gênent les uns les autres, et n'avancent plus. C'est à vous dégoûter, sir. Regardez-les.

— C'est exact; je vois, approuva le colonel Nicholson, après avoir consciencieusement regardé. J'avais déjà remarqué ce désordre.

— Et encore, sir : ces imbéciles ont fixé la tâche à un mètre cube de terre par homme, sans se rendre compte que nos soldats, bien dirigés, peuvent faire beaucoup plus. Entre nous, sir, c'est la tâche d'un enfant. Quand ils jugent que chacun a creusé, transporté et étalé son mètre cube, sir, c'est fini. Je vous dis qu'ils sont stupides! Reste-t-il seulement quelques claies de terre à jeter pour raccorder deux tronçons isolés, croyez-vous qu'ils vont exiger un effort supplémentaire, même si le soleil est encore haut? Plus souvent! Ils arrêtent l'équipe, sir. Comment voulez-vous que je donne l'ordre de continuer? Et de quoi aurais-je l'air vis-à-vis des hommes?

— Vous pensez vraiment que cette tâche est faible? demanda le colonel Nicholson.

— Elle est tout simplement ridicule, sir, intervint Reeves. Aux Indes, sous un climat aussi pénible que celui-ci, et dans un terrain beaucoup plus dur, les coolies font aisément un mètre cube et demi.

— Cela me semblait aussi... rêva le colonel. Il m'est arrivé de diriger un travail de ce genre, autrefois en Afrique, pour une route. Mes hommes allaient beaucoup plus vite... Il n'est certes pas possible de continuer ainsi, décida-t-il énergiquement. Vous avez bien fait de me parler. »

Il relut ses notes, réfléchit, puis s'adressa à ses deux collaborateurs.

« Voulez-vous savoir quelle est, à mon avis, la conclusion de tout ceci, Hughes, et vous, Reeves? Presque tous les défauts que vous m'avez signalés ont une seule origine : un manque absolu d'organisation. Je suis d'ailleurs le premier coupable : j'aurais dû mettre les choses au point dès le début. On perd toujours du temps à vouloir aller trop vite. C'est cela que nous devons créer, avant tout, une organisation simple.

— Vous l'avez dit, sir, approuva Hughes. Une entreprise de cette sorte est vouée à l'échec si elle ne possède pas au début une base solide.

— Le mieux serait que nous nous réunissions en une conférence, dit le colonel Nicholson. J'aurais dû y penser plus tôt... Les Japonais et nous. Une discussion commune est nécessaire pour fixer le rôle et les responsabilités de chacun... Une conférence, c'est cela. Je vais en parler à Saïto aujourd'hui même. »

III

La conférence eut lieu quelques jours plus tard. Saïto n'avait pas très bien compris de quoi il s'agissait, mais avait accepté d'y assister, sans oser demander d'explications complémentaires, dans sa crainte de déchoir en paraissant ignorer les coutumes d'une civilisation qu'il haïssait, mais qui l'impressionnait malgré lui.

Le colonel Nicholson avait établi une liste des questions à débattre, et attendait, entouré de ses officiers, dans la longue baraque qui servait de réfectoire. Saïto arriva, accompagné de son ingénieur, de quelques gardes de corps, et de trois capitaines qu'il avait amenés pour grossir sa suite quoiqu'ils ne comprissent pas un mot d'anglais. Les officiers britanniques se levèrent et se mirent au garde-à-vous. Le colonel salua réglementairement. Saïto parut désemparé. Il était venu avec l'intention d'affirmer son autorité, et se sentait déjà visiblement en état d'infériorité devant ces honneurs rendus avec une traditionnelle et majestueuse correction.

Il y eut un assez long silence, pendant lequel le colonel Nicholson interrogea du regard le Japonais, à qui évidemment la présidence revenait de droit. La conférence ne se concevait pas sans président. Les mœurs et la politesse occidentales imposaient au colonel d'attendre que l'autre eût déclaré les débats ouverts. Mais Saïto se sentait de plus en plus mal à l'aise, et supportait avec peine d'être le point de mire de l'assistance. Les façons du monde civilisé le rapetissaient. Devant ses subordonnés, il ne pouvait admettre qu'elles fussent pour lui mystérieuses, et il était paralysé par la peur de commettre quelque bévue en prenant la parole. Le petit ingénieur japonais paraissait encore moins assuré.

Saïto fit un effort considérable pour se ressaisir. Sur un ton de mauvaise humeur, il demanda au colonel Nicholson ce qu'il avait à dire. C'était ce qu'il avait trouvé de moins compromettant. Voyant qu'il ne pourrait rien tirer de lui, le colonel se décida à agir et à prononcer les paroles que le parti anglais, dans une angoisse croissante, commençait à perdre l'espoir d'entendre. Il débuta par « gentlemen », déclara la conférence ouverte, et exposa en quelques mots son objet : mettre sur pied une organisation convenable pour la construction d'un pont sur la rivière Kwaï, et tracer les grandes lignes d'un programme d'action. Clipton, qui était aussi présent — le colonel l'avait convoqué, car un médecin avait son mot à dire sur des points d'organisation générale —, remarqua que son chef avait retrouvé toute sa prestance, et que son aisance s'affirmait à mesure que croissait l'embarras de Saïto.

Après un préambule bref et classique, le colonel entra dans le sujet et aborda le premier point important.

« Avant tout, colonel Saïto, nous devons parler de l'emplacement du pont. Il a été fixé, je crois, un peu vite, et il nous paraît nécessaire maintenant de le modifier. Nous avons en vue un point situé à un mile d'ici, environ, en aval de la rivière. Ceci entraîne évidemment une longueur supplémentaire de voie. Il sera préférable, aussi, de déplacer le camp, de construire de nouveaux baraquements près du chantier. Je pense pourtant que nous ne devons pas hésiter. »

Saïto poussa un grognement rauque, et Clipton crut qu'il allait céder à la colère. Il était facile d'imaginer son état d'âme. Le temps s'écoulait. Plus d'un mois avait passé sans qu'aucun travail positif eût été accompli, et voilà qu'on lui proposait d'augmenter considérablement l'ampleur de l'ouvrage. Il se leva brusquement, la main crispée sur la poignée de son sabre; mais le colonel Nicholson ne lui laissa pas le loisir de poursuivre sa manifestation.

« Permettez, colonel Saïto, dit-il impérieusement. J'ai fait faire une petite étude par mon collaborateur, le capitaine Reeves, officier du génie, qui est chez nous un spécialiste en matière de ponts. La conclusion de cette étude... »

Deux jours auparavant, après avoir observé lui-même consciencieusement les façons de l'ingénieur japonais, il s'était définitivement convaincu de son insuffisance. Il avait sur-le-champ pris une décision énergique. Il avait agrippé par l'épaule son collaborateur technique et s'était exclamé :

« Ecoutez-moi, Reeves. Nous n'arriverons jamais à rien avec ce bricoleur qui s'y connaît encore moins que moi en fait de ponts. Vous êtes ingénieur, n'est-ce pas? Eh bien, vous allez me reprendre tout ce travail depuis le début, en ne tenant aucun compte de ce qu'il dit, ni de ce qu'il fait. Trouvez-moi d'abord un emplacement correct. Nous verrons ensuite. »

Reeves, heureux de se retremper dans ses occupations d'avant-guerre, avait étudié soigneusement le terrain, et fait plusieurs sondages en divers points de la rivière. Il avait découvert un sol à peu près parfait. Le sable dur était tout à fait convenable pour supporter un pont.

Avant que Saïto eût trouvé les mots traduisant son indignation, le colonel donna la parole à Reeves, qui énonça quelques principes techniques, cita des chiffres de pression en tonnes par pouces carrés sur la résistance des terrains, et démontra que le pont, si l'on s'obstinait à l'édifier au-dessus de la vase, s'enfoncerait sous le poids des trains. Quand il eut terminé son exposé, le colonel le remercia au nom de toute l'assistance et conclut :

« Il paraît évident, colonel Saïto, que nous devons déplacer le pont pour éviter une catastrophe. Puis-je demander l'avis de votre collaborateur? »

Saïto avala sa rage, se rassit, et entama une

conversation animée avec son ingénieur. Or, les Japonais n'avaient pas envoyé en Thaïlande l'élite de leurs techniciens, indispensables à la mobilisation industrielle de la métropole. Celui-ci n'était pas de force. Il manquait visiblement d'expérience, d'assurance et d'autorité. Il rougit quand le colonel Nicholson lui mit sous le nez les calculs de Reeves, fit semblant de réfléchir profondément et, finalement, trop ému pour pouvoir faire une vérification, saturé de confusion, déclara piteusement que son collègue était dans le vrai et que lui-même était arrivé depuis quelques jours à une conclusion analogue. C'était une si humiliante perte de face pour le parti nippon que Saïto en devint blafard et que des gouttes de sueur perlèrent sur son visage décomposé. Il ébaucha un vague signe d'assentiment. Le colonel continua.

« Nous sommes donc d'accord sur ce point, colonel Saïto. Cela signifie que tous les travaux exécutés jusqu'à ce jour deviennent inutiles. D'ailleurs, il aurait fallu recommencer, de toute façon, car ils présentent des défauts graves.

— De mauvais ouvriers, maugréa hargneusement Saïto, qui cherchait une revanche. En moins de quinze jours, les soldats japonais auraient construit ces deux sections de voie.

— Les soldats japonais auraient certainement fait mieux, parce qu'ils sont habitués aux chefs qui les commandent. J'espère, colonel Saïto, pouvoir vous montrer bientôt le véritable aspect du soldat anglais... Incidemment, je dois vous prévenir que j'ai modifié la tâche de mes hommes...

— Modifié! hurla Saïto.

— Je l'ai fait augmenter, dit calmement le colonel : de un mètre cube à un mètre cube et demi. C'est dans l'intérêt général, et j'ai pensé que vous approuveriez cette mesure. »

Ceci rendit stupide l'officier japonais, et le colonel en profita pour aborder une autre question.

« Vous devez comprendre, colonel Saïto, que nous avons nos méthodes à nous, dont j'espère vous prouver la valeur, à condition que nous ayons toute liberté pour les appliquer. Nous estimons que le succès d'une entreprise de ce genre tient à peu près tout entier dans l'organisation de base. Voici, à ce sujet, le plan que je suggère et que je soumets à votre approbation. »

Ici, le colonel révéla le plan d'organisation auquel il avait travaillé pendant deux jours avec l'aide de son état-major. Il était relativement simple, adapté à la situation, et chaque compétence y était parfaitement utilisée. Le colonel Nicholson administrait l'ensemble et était seul responsable vis-à-vis des Nippons. Le capitaine Reeves se voyait confié tout le programme d'études théoriques préliminaires, en même temps qu'il était nommé conseiller technique pour la réalisation. Le commandant Hughes, habitué à remuer les hommes, devenait une sorte de directeur d'entreprise, avec la haute main sur l'exécution. Il avait directement sous ses ordres les officiers de troupe, qui étaient promus chefs de groupes d'équipes. Un service administratif était également créé, à la tête duquel le colonel avait placé son meilleur sous-officier comptable. Il serait chargé des liaisons, de la transmission des ordres, du contrôle des tâches, de la distribution et de l'entretien des outils, etc.

« Un tel service est absolument nécessaire, dit incidemment le colonel. Je suggère, colonel Saïto, que vous fassiez vérifier l'état des outils qui ont été distribués il y a seulement un mois. C'est un véritable scandale. »

« J'insiste fortement pour que ces bases soient admises », dit le colonel Nicholson en relevant la tête, lorsqu'il eut décrit chaque rouage du nouvel organisme, expliqué les motifs qui avaient conduit à sa création. « Je me tiens d'ailleurs à votre disposition pour vous fournir des éclaircissements, si vous le désirez, et vous donne l'assurance que toutes vos suggestions seront consciencieusement examinées. Approuvez-vous l'ensemble de ces mesures? »

Saïto aurait certes eu besoin de quelques autres explications, mais le colonel avait un tel air d'autorité en prononçant ces paroles qu'il ne put réprimer un nouveau geste d'acquiescement. D'un simple hochement de tête, il accepta en bloc ce plan qui éliminait toute initiative japonaise, et le réduisait, lui, à un rôle à peu près insignifiant. Il n'en était plus à une humiliation près. Il était résigné à tous les sacrifices pour voir enfin implantés les piliers de cet ouvrage auquel son existence était attachée. A contrecœur, malgré lui, il faisait encore confiance aux étranges préparatifs des Occidentaux pour hâter son exécution.

Encouragé par ces premières victoires, le colonel Nicholson reprit :

« Il y a maintenant un point important, colonel Saïto : les délais imposés. Vous vous rendez compte, n'est-ce pas, du supplément de travail imposé par la plus grande longueur de la voie. De plus, la construction de nouveaux baraquements...

— Pourquoi de nouveaux baraquements? protesta Saïto. Les prisonniers peuvent bien marcher un ou deux milles pour se rendre sur le chantier.

— J'ai fait étudier les deux solutions par mes collaborateurs, répliqua patiemment le colonel Nicholson. Il résulte de cette étude... »

Les calculs de Reeves et de Hughes montraient clairement que le total des heures perdues durant cette marche était bien supérieur au temps nécessaire à l'établissement d'un nouveau camp. Une fois encore, Saïto perdit pied devant les spéculations de la sage prévoyance occidentale. Le colonel poursuivit :

« D'autre part, nous avons déjà perdu plus d'un mois, par suite d'un fâcheux malentendu dont nous ne sommes pas responsables. Pour terminer le pont à la date fixée, ce que je promets si vous acceptez ma nouvelle suggestion, il est nécessaire de faire immédiatement abattre les arbres et préparer les poutres, en même temps que d'autres équipes travailleront à la voie, et d'autres encore aux baraquements. Dans ces conditions, d'après les estimations du commandant Hughes, qui a une très grosse expérience de la main-d'œuvre, nous n'aurons pas assez d'hommes pour achever l'ouvrage dans les délais prévus. »

Le colonel Nicholson se recueillit un instant dans un silence chargé de curiosité attentive, puis continua de sa voix énergique.

« Voici ce que je propose, colonel Saïto. Nous utiliserons tout de suite la plupart des soldats anglais pour le pont. Un petit nombre seulement restera disponible pour la voie, et je vous demande de nous prêter vos soldats nippons pour renforcer ce groupe, de façon que cette première tranche soit terminée le plus tôt possible. Je pense que vos hommes pourraient également construire le nouveau camp. Ils sont plus habiles que les miens à travailler le bambou. »

En cette seconde, Clipton plongea dans une de ses crises périodiques d'attendrissement. Avant cela, il avait ressenti, à plusieurs reprises, l'envie d'étrangler son chef. Maintenant, son regard ne pouvait se détacher des yeux bleus qui, après avoir fixé le colonel japonais, prenaient ingénument à témoin tous les membres de l'assemblée, les uns après les autres, comme pour rechercher une approbation quant au caractère équitable de cette requête. Son esprit fut effleuré par le soupçon qu'un subtil machiavélisme pouvait se développer derrière cette façade d'apparence si limpide. Il scruta anxieusement, passionnément, désespérément, chaque trait de cette physionomie sereine, avec la volonté insensée d'y découvrir l'indice d'une perfide pensée secrète. Au bout d'un moment. il baissa la tête, découragé.

« Ce n'est pas possible, décida-t-il. Chaque mot qu'il prononce est sincère. Il a véritablement cherché les meilleurs moyens d'accélérer les travaux. »

Il se redressa pour observer la contenance de Saïto, et fut un peu réconforté. La face du Japonais était celle d'un supplicié parvenu à l'extrême limite de sa résistance. La honte et la fureur le martyrisaient; mais il s'était laissé engluer dans cette suite d'implacables raisonnements. Il y avait peu de chances pour qu'il pût réagir. Une fois encore, il céda, après avoir balancé entre la révolte et la soumission. Il espérait follement reprendre un peu de son autorité à mesure que les travaux avanceraient. Il ne se rendait pas encorc compte de l'état d'abjection auquel menaçait de le réduire la sagesse occidentale. Clipton jugea qu'il serait incapable de remonter la pente des renoncements.

Il capitula à sa manière. On l'entendit soudain donner des ordres d'une voix féroce à ses capitaines, en japonais. Le colonel ayant parlé assez vite pour n'être compris que de lui seul, il présentait la suggestion comme sa propre idée et la transformait en commandement autoritaire. Quand il eut fini, le colonel Nicholson souleva un dernier point, un détail, mais assez délicat pour qu'il lui eût donné toute son attention.

« Il nous reste à fixer la tâche de vos hommes, pour le remblai de la voie, colonel Saïto. J'avais d'abord songé à un mètre cube, pour leur éviter une trop grosse fatigue, mais peut-être jugerez-vous convenable qu'elle soit égale à celle des soldats anglais? Cela créerait d'ailleurs une émulation favorable...

— La tâche des soldats nippons sera de *deux* mètres cubes, éclata Saïto. J'ai déjà donné des ordres! »

Le colonel Nicholson s'inclina.

« Dans ces conditions, je pense que le travail avancera vite... Je ne vois plus rien à ajouter, colonel Saïto. Il me reste à vous remercier pour votre compréhension. Gentlemen, si personne n'a de remarque à formuler, je crois que nous pouvons clore cette réunion. Nous commencerons demain sur les bases établies. »

Il se leva, salua et se retira dignement, satisfait d'avoir conduit les débats comme il l'entendait, d'avoir fait triompher la sagesse et accompli un grand pas dans la réalisation du pont. Il s'était montré technicien habile, et était conscient d'avoir disposé ses forces de la meilleure façon possible.

Clipton se retira avec lui et l'accompagna vers leur cabane.

« Ces écervelés, sir, dit le médecin en le regardant curieusement! Quand je pense que, sans nous, ils allaient édifier leur pont sur un fond de vase, et qu'il se serait effondré sous le poids des trains chargés de troupes et de munitions! »

Ses yeux brillaient d'un étrange éclat tandis qu'il prononçait ces paroles; mais le colonel resta impassible. Le sphinx ne pouvait livrer un secret inexistant.

« N'est-ce pas? répondit-il gravement. Ils sont

bien tels que je les ai toujours jugés : un peuple très primitif, encore dans l'enfance, qui a reçu trop vite un vernis de civilisation. Ils n'ont vraiment rien appris en profondeur. Livrés à eux-mêmes, ils ne peuvent faire un pas en avant. Sans nous, ils seraient encore à l'époque de la marine à voiles et ne posséderaient pas un avion. De véritables enfants... Et quelle prétention avec cela, Clipton! Un ouvrage de cette importance! Croyez-moi; ils sont tout juste capables de construire des ponts de lianes. »

IV

Il n'y a pas de comparaison possible entre le pont, tel que le conçoit la civilisation occidentale, et les échafaudages utilitaires que les soldats japonais avaient pris l'habitude d'édifier sur le continent asiatique. Il n'y a pas davantage de ressemblance entre les procédés employés pour la construction. L'empire nippon possédait certes des techniciens qualifiés, mais ceux-ci étaient maintenus dans la métropole. Dans les pays occupés, la responsabilité des ouvrages était laissée à l'armée. Les quelques spécialistes, rapidement dépêchés en Thaïlande, n'avaient ni autorité ni grande compétence, et le plus souvent laissaient faire les militaires.

La manière de ceux-ci, rapide et jusqu'à un certain point efficace, il faut le reconnaître, leur avait été dictée par la nécessité, lorsque, au cours de leur avance dans les pays conquis, ils rencontraient des ouvrages d'art détruits par l'ennemi en retraite. Elle consistait d'abord à enfoncer des lignes de piliers dans le fond de la rivière, puis à élever sur ces supports un inextricable fouillis de pièces de bois, fixées sans plan, sans art, avec un mépris total de la mécanique statique, et accumulées aux points où l'expérience immédiate révélait une faiblesse.

Sur cette grossière superstructure, qui atteignait parfois une très grande hauteur, étaient posées deux rangées parallèles de grosses poutres, les seuls bois à peu près équarris, supportant les rails. Le pont était alors considéré comme terminé. Il satisfaisait les besoins de l'heure. Il n'y avait ni balustrade ni chemin pour les piétons. Ceux-ci, s'ils désiraient l'utiliser, devaient marcher en équilibre sur les poutres, au-dessus d'un abîme, ce que d'ailleurs les Japonais réussissaient fort bien.

Le premier convoi passait lentement, en tressautant. La locomotive déraillait parfois à la jonction avec la terre, mais une équipe de soldats armés de leviers parvenait en général à la remettre sur la voie. Le train poursuivait sa course. S'il avait un peu trop ébranlé le pont, quelques pièces de bois étaient ajoutées. Le convoi suivant défilait de la même façon. L'échafaudage résistait pendant quelques jours, quelques semaines, ou même quelques mois; puis une inondation l'emportait, ou une série de cahots trop violents le faisaient écrouler. Alors les Japonais le recommençaient sans impatience. Le matériel était fourni par l'inépuisable jungle.

La méthode de la civilisation occidentale n'est évidemment pas aussi simpliste, et le capitaine Reeves, qui représentait un élément essentiel de cette civilisation, la technique, eût rougi de se laisser guider par un empirisme aussi primitif.

Mais la technique occidentale entraîne, en matière de ponts, une cascade de servitudes qui enflent et multiplient les opérations antérieures à l'exécution. Par exemple, elle exige un plan détaillé et, pour le tracé de ce plan, elle veut que soient connus à l'avance la section de chaque poutre, sa forme, la profondeur à laquelle seront enfoncés les piliers, et bien d'autres détails. Or, cette section, cette forme et cette profondeur elles-mêmes réclament des calculs compliqués, basés sur des chiffres symbolisant la résistance des matériaux employés et la consistance du terrain. Ces chiffres, à leur tour, dépendent de coefficients caractérisant des échantillons « standard » qui, dans les pays civilisés, sont donnés par des formulaires. En fait, la réalisation implique la connaissance complète *a priori*, et cette création spirituelle, antérieure à la création matérielle, n'est pas une des moindres conquêtes du génie occidental.

Sur les bords de la rivière Kwaï, le capitaine Reeves ne possédait pas de formulaire, mais il était ingénieur expert et sa science théorique lui permettait de s'en passer. Il lui suffisait de remonter un peu plus haut le flot des servitudes et, avant de commencer ses calculs, de faire une série d'expériences sur des échantillons de poids et de formes simples. Il pouvait ainsi déterminer ces coefficients par des méthodes faciles, en utilisant des appareils qu'il fit fabriquer de toute urgence, car le temps pressait.

Avec l'accord du colonel Nicholson, sous l'œil angoissé de Saïto, et sous celui, ironique, de Clipton, ce fut par ces expériences qu'il commença. Pendant la même période, il dessinait le meilleur tracé possible pour la voie ferrée et le remettait au commandant Hughes, pour exécution. L'esprit plus libre, et ayant enfin réuni les données nécessaires à ses calculs, il aborda la partie la plus intéressante de l'ouvrage, le projet théorique et le plan du pont.

Il se consacra à ce projet avec la conscience professionnelle qu'il apportait autrefois à la pratique de son métier aux Indes, lorsqu'il faisait des études analogues pour le gouvernement, mais avec, en plus, un enthousiasme fébrile qu'il s'était vainement efforcé de ressentir auparavant, à l'aide de lectures appropriées (telles que *Les Bâtisseurs de ponts*) et qui s'était brusquement abattu sur lui comme une griserie soudaine à l'ouïe d'une simple réflexion de son chef.

« Vous savez, Reeves, je compte vraiment sur vous. Vous êtes ici le seul homme techniquement qualifié, et je vous laisserai une très grande initiative. Il s'agit de démontrer notre supériorité à ces barbares. Je n'ignore aucune des difficultés, dans ce pays perdu où les moyens manquent, mais le résultat n'en sera que plus méritoire.

— Vous pouvez compter sur moi, sir, avait répondu Reeves, subitement magnétisé. Vous serez content, et ils verront ce que nous pouvons faire. »

C'était l'occasion qu'il avait guettée toute sa vie. Il avait toujours rêvé d'entreprendre une grande œuvre sans être à chaque instant harcelé par des bureaux administratifs, exaspéré par l'ingérence dans son travail de fonctionnaires qui lui demandaient d'insipides justifications, s'ingéniaient à lui mettre des bâtons dans les roues sous prétexte d'économie et réduisaient à néant ses efforts vers une création originale. Ici, il n'aurait de comptes à rendre qu'à son colonel. Celui-ci lui témoignait de la sympathie; s'il respectait l'organisation et un certain formalisme indispensable, il était du moins compréhensif et ne se laissait pas hypnotiser par des questions de crédits ou de politique en matière de ponts. De plus, avec une entière bonne foi, il avait avoué son ignorance technique et affirmé son intention de laisser à son adjoint la bride sur le cou. Certes, le travail était difficile, et les moyens manquaient, mais lui, Reeves, suppléerait à toutes les insuffisances par son ardeur. En lui grondait déjà le souffle qui attise le foyer créateur de l'âme, en faisant jaillir ces grandes flammes dévorantes qui consument tous les obstacles.

A partir de cet instant, les journées ne comptèrent plus pour lui aucune minute de repos. Il ébaucha d'abord rapidement un croquis du pont, tel qu'il le voyait devant ses yeux lorsqu'il contemplait la rivière, avec ses quatre rangées de piliers majestueux rigoureusement alignés; avec son harmonieuse et audacieuse superstructure, s'élevant à plus de cent pieds au-dessus de l'eau, aux entretoises assemblées par un procédé dont il était l'inventeur et qu'il avait vainement essayé autrefois de faire adopter au gouvernement routinier des Indes; avec son large tablier encadré de solides balustrades à claire-voie, comprenant non seulement le passage des rails mais, à côté, une route pour les piétons et les véhicules.

Après cela, il aborda les calculs et les diagrammes, puis un plan définitif. Il avait réussi à obtenir un rouleau de papier à peu près convenable de son collègue japonais, qui se glissait parfois silencieusement derrière lui, contemplant l'œuvre naissante, sans pouvoir dissimuler son admiration effarée.

Il prit ainsi l'habitude de travailler de l'aube au crépuscule, sans un instant de repos; jusqu'à ce qu'il comprît que le temps s'écoulait trop vite; jusqu'au moment où il s'aperçut avec angoisse que les journées étaient trop courtes et que son projet ne serait pas terminé dans les délais qu'il s'était imposés. Alors, par l'intermédiaire du colonel Nicholson, il obtint de Saïto l'autorisation de conserver une lumière après l'extinction des feux. Ce fut à partir de cette date que, assis sur un tabouret branlant, son misérable lit en bambou lui servant de pupitre, sa feuille à dessin étalée sur une planche amoureusement rabotée par lui, éclairé par une minuscule lampe à huile qui empestait la cabane de son odeur fétide, déplaçant d'une main experte un té et une équerre taillés avec des précautions infinies, il passa ses soirées, parfois ses nuits, à établir le plan du pont.

Il ne déposait ces instruments que pour saisir une autre feuille de papier et effectuer fiévreusement des pieds carrés de calculs, sacrifiant son sommeil, après des journées harrassantes, pour incarner sa science dans l'œuvre qui devait démontrer la supériorité occidentale — ce pont qui devait supporter les trains japonais, dans leur course triomphale vers le golfe du Bengale.

Clipton avait pensé que les servitudes du *modus operandi* occidental (d'abord l'élaboration de l'organisation, puis les patientes recherches et les spéculations de la technique) retarderaient la réalisation de l'ouvrage, un peu plus que ne l'eût fait l'empirisme désordonné des Nippons. Il ne fut pas long à reconnaître la vanité de cet espoir, et l'erreur qu'il avait commise en raillant ces préparatifs, au cours des insomnies provoquées par la lampe de Reeves. Il commença à convenir qu'il s'était laissé entraîner à une critique beaucoup trop facile des pratiques civilisées le jour où Reeves passa son plan complètement terminé au commandant Hughes et où l'exécution fut abordée avec une rapidité dépassant les rêves les plus optimistes de Saïto.

Reeves n'était pas un de ces êtres qui, complètement hypnotisés par la préparation symbolique, retardent indéfiniment l'ère de la réalisation, parce que toute leur énergie est dévouée à l'esprit au détriment de la matière. Il conservait un pied sur le sol. D'ailleurs, quand il avait tendance à rechercher un peu trop la perfection théorique et à envelopper le pont dans un brouillard de chiffres abstraits, le colonel Nicholson était là pour le remettre dans le droit chemin. Celui-ci possédait ce bon sens réaliste du chef, qui ne perd jamais de vue le but à atteindre, ni les moyens dont il dispose, et qui maintient chez ses subordonnés une proportion harmonieuse entre l'idéal et la pratique.

Le colonel avait approuvé les expériences préliminaires, à condition qu'elles fussent rapidement terminées. Il avait également considéré d'un bon œil le tracé du plan, et s'était fait expliquer en détail les innovations dues au génie inventif de Reeves. Il avait seulement insisté pour que celui-ci ne se surmenât pas.

« Nous serons bien avancés quand vous serez tombé malade, Reeves. Toute l'œuvre repose sur vous, songez-y. »

Il commença toutefois à dresser l'oreille et à faire entendre la voix du sens commun, le jour où Reeves vint le trouver d'un air préoccupé pour lui exposer certains scrupules...

« Il y a un point qui me tracasse, sir. Je ne pense pas que nous devions en tenir compte, mais je tiens à avoir votre approbation.

— Qu'y a-t-il, Reeves? demanda le colonel.

— Le séchage des bois, sir. Aucun ouvrage sérieux ne devrait être exécuté avec des arbres fraîchement abattus. Il faudrait les laisser exposés à l'air auparavant.

— Pendant combien de temps faudrait-il faire sécher vos bois, Reeves?

— Cela varie avec la qualité, sir. Pour certaines espèces, il est prudent d'aller jusqu'à dix-huit mois, ou même deux ans.

— Cela est impossible, Reeves, dit le colonel

avec véhémence. Nous ne disposons en tout que de cinq mois. »

Le capitaine baissa la tête d'un air contrit.

« Hélas! je le sais, sir, et c'est bien ce qui me désole.

— Et quel inconvénient y a-t-il à employer du bois frais?

— Certaines essences se contractent, sir, et il peut en résulter des fentes et des jeux, une fois l'ouvrage monté... Pas pour tous les bois, d'ailleurs; l'orme, par exemple, ne bouge presque pas. J'ai choisi évidemment des arbres qui présentent des caractères comparables à celui-là... Les piles en orme du « London Bridge », sir, ont résisté pendant six cents ans.

— Six cents ans! » s'exclama le colonel Nicholson. Une flamme brilla dans ses yeux, tandis qu'il se tournait instinctivement vers la rivière Kwaï. « Six cents ans, ce ne serait pas si mal, Reeves!

— Oh! c'est un cas exceptionnel, sir. On ne peut guère compter ici que sur cinquante ou soixante ans. Peut-être un peu moins, si le bois sèche mal.

— Il faut prendre cette chance, Reeves, affirma le colonel avec autorité. Utilisez des bois frais. Nous ne pouvons pas faire l'impossible. Si l'on nous reproche quelque défaut, il suffit que nous puissions répondre : c'était inévitable.

— Je comprends, sir... Encore un point : la créosote, qui protège les poutres contre l'attaque des insectes, je crois que nous devrons nous en passer, sir. Les Japonais n'en ont pas. Nous pourrions évidemment fabriquer un succédané... J'ai songé à monter un appareil de distillation du bois. Cela serait possible, mais demanderait un peu de temps... A la réflexion, je ne le recommande pas.

— Pourquoi cela, Reeves? demanda le colonel Nicholson que ces détails techniques enchantaient.

— Quoique les avis soient partagés, les meilleurs spécialistes déconseillent le créosotage lorsque les bois ont été insuffisamment séchés, sir. Cela conserve la sève, l'humidité, et risque d'entraîner une moisissure rapide.

— On supprimera donc le créosotage, Reeves. Comprenez-moi bien. Nous ne devons pas nous lancer dans des entreprises au-dessus de nos moyens. Il ne faut pas oublier que le pont à une utilité immédiate.

— A part ces deux points, sir, je suis maintenant certain que nous pouvons construire ici un pont correct du point de vue technique, et raisonnablement résistant.

— C'est exactement cela, Reeves. Vous êtes dans la bonne voie. Un pont raisonnablement résistant et correct du point de vue technique. Un « pont » enfin, et non un assemblage innommable. Cela ne sera pas si mal. Je vous le répète, vous avez toute ma confiance. »

Le colonel Nicholson quitta son conseiller technique, satisfait d'avoir trouvé une formule brève, définissant le but à atteindre.

V

Shears — « Number one », comme l'appelaient les partisans thaïs, dans le hameau isolé où étaient cachés les envoyés de la Force 316 — était lui aussi d'une race qui consacre beaucoup de réflexion et de soins à la préparation méthodique. En fait, l'estime en laquelle le tenaient ses chefs était due à sa prudence et à sa patience pendant la période précédant l'action, autant qu'à sa vivacité et à son esprit de décision quand l'heure de celle-ci était venue. Warden, le professeur Warden, son adjoint, avait également la réputation justifiée de ne rien laisser au hasard, lorsque les circonstances le permettaient. Quant à Joyce, le dernier membre et le benjamin de l'équipe, qui avait encore en mémoire les cours suivis à Calcutta, à l'école spéciale de la « Plastic & Destructions Co Ltd. », il paraissait, malgré son jeune âge, avoir la cervelle solide, et Shears ne méprisait pas ses avis. Aussi, au cours des conférences quotidiennes, tenues dans la cabane indigène où deux pièces leur avaient été réservées, toutes les idées intéressantes étaient-elles passées au crible et toutes les suggestions examinées à fond.

Les trois compagnons discutaient, ce soir-là, autour d'une carte que Joyce venait d'accrocher à un bambou.

« Voici le tracé approximatif de la ligne, sir, dit-il. Les renseignements concordent assez bien »

Joyce, dessinateur industriel dans la vie civile, avait été chargé de reporter sur une carte à grande échelle les renseignements recueillis sur le railway de Birmanie et de Thaïlande.

Ceux-ci étaient abondants. Depuis un mois qu'ils avaient été parachutés, sans accident, au point prévu, ils avaient réussi à se créer des sympathies nombreuses, qui s'étendaient assez loin. Ils avaient été reçus par des agents thaïs et hébergés dans ce petit hameau de chasseurs et de contrebandiers, perdu au milieu de la jungle, loin de toute voie de communication. La population haïssait les Japonais. Shears, professionnellement méfiant, s'était peu à peu convaincu de la loyauté de ses hôtes.

La première partie de leur mission se poursuivait avec succès. Ils avaient secrètement pris contact avec plusieurs chefs de village. Des volontaires étaient prêts à les aider. Les trois officiers avaient commencé à les instruire. Ils les initiaient à l'emploi des armes qu'utilisait la Force 316. La principale de ces armes était le « plastic », une pâte molle, brune, malléable comme de la glaise, en laquelle plusieurs générations de chimistes du monde occidental avaient patiemment réussi à concentrer toutes les vertus des explosifs antérieurement connus, et quelques autres supplémentaires.

« Il y a un très grand nombre de ponts, sir, continua Joyce, mais beaucoup sont peu intéressants, je pense. Voici la liste, depuis Bangkok jusqu'à Rangoon, sous réserve d'informations plus précises. »

Le « sir » était adressé au commandant Shears « Number one ». Pourtant, si la discipline était stricte au sein de la Force 316, le formalisme n'était pas de règle dans les groupes en mission spéciale; aussi Shears avait-il insisté plusieur fois auprès de l'aspirant Joyce pour qu'il supprimât le « sir ». Il n'avait pas obtenu satisfaction sur ce point. Une habitude, antérieure à sa mobilisation, pensait Shears, le faisait toujours revenir à cette formule.

Cependant Shears n'avait eu jusque-là qu'à se louer de Joyce, qu'il avait choisi à l'école de Calcutta d'après les notes des instructeurs, d'après son aspect physique, et surtout en se fiant à son propre flair.

Les notes étaient bonnes et les appréciations élogieuses. Il apparaissait que l'aspirant Joyce, volontaire comme tous les membres de la Force 316, avait toujours donné entière satisfaction, et fait preuve, partout où il était passé, d'une extraordinaire bonne volonté; ce qui était déjà quelque chose, pensait Shears. Sa fiche d'incorporation le représentait comme un ingénieur-dessinateur, employé dans une grosse entreprise industrielle et commerciale; un petit employé, vraisemblablement. Shears n'avait pas cherché à en savoir davantage sur ce point. Il estimait que toutes les professions peuvent amener à la « Plastic & Destructions Co Ltd. », et que le passé est le passé.

En revanche, toutes les qualités signalées chez Joyce n'auraient pas paru suffisantes au commandant Shears pour qu'il l'emmenât comme troisième membre de l'expédition, si elles n'avaient été renforcées par d'autres, plus difficiles à apprécier, et pour lesquelles il ne se fiait guère qu'à son impression personnelle. Il avait connu des volontaires excellents à l'entraînement, mais dont les nerfs étaient incapables de se plier à certaines besognes qu'exigeait le service de la Force 316. Il ne leur en voulait d'ailleurs pas pour ces défaillances. Shears avait, sur ces questions, des idées à lui.

Il avait donc convoqué ce compagnon éventuel, pour essayer de se rendre compte de certaines possibilités. Il avait prié son ami, Warden, d'assister à l'entrevue, car l'avis du professeur, pour un choix de ce genre, n'était pas négligeable. Le regard de Joyce lui avait plu. Il n'était probablement pas d'une force physique extraordinaire, mais il était en bonne santé et paraissait bien équilibré. Les réponses simples et directes à ses questions prouvaient qu'il avait le sens des réalités, qu'il ne perdait jamais de vue le but à atteindre, et qu'il comprenait parfaitement ce qu'on attendait de lui. Pardessus tout, la bonne volonté était effectivement lisible dans son regard. Il mourait d'envie, c'était évident, d'accompagner les deux anciens, depuis qu'il avait entendu parler à mots couverts d'une mission hasardeuse.

Shears avait alors soulevé un point qui lui tenait au cœur et qui avait son importance.

« Pourriez-vous vous servir d'une arme comme celle-ci? » avait-il demandé.

Il lui avait mis sous les yeux un poignard effilé. Ce poignard faisait partie de l'équipement que les membres de la Force 316 emportaient en mission spéciale. Joyce ne s'était pas troublé. Il avait répondu qu'on lui avait appris le maniement de cette arme et que les cours de l'école comportaient un entraînement sur des mannequins. Shears avait insisté.

« Ce n'était pas là le sens de ma question. Je veux dire : êtes-vous sûr que vous « pourriez » vraiment vous en servir, étant de sang-froid? Beaucoup d'hommes savent, mais ne peuvent pas. »

Joyce avait compris. Il avait réfléchi en silence et répondu gravement :

« Sir, c'est une question que je me suis déjà posée.

— C'est une question que vous vous êtes déjà posée? avait répété Shears, en le regardant curieusement.

— Véritablement, sir. Je dois avouer qu'elle m'a même tourmenté. J'ai essayé de me représenter...

— Et alors? »

Joyce n'avait hésité que quelques secondes.

« En toute franchise, sir, j'espère pouvoir donner satisfaction sur ce point, si c'est nécessaire. Je l'espère vraiment; mais je ne peux pas répondre d'une manière absolument affirmative. Je ferai tout mon possible, sir.

— Jamais eu l'occasion de pratiquer réellement, n'est-ce pas?

— Jamais, sir. Mon métier ne favorisait pas cet entraînement », avait répondu Joyce, comme s'il cherchait une excuse.

Son attitude exprimait un regret si sincère que Shears n'avait pu réprimer un sourire. Warden s'était brusquement mêlé à la conversation.

« L'enfant à l'air de croire, Shears, que mon métier, à moi, prépare spécialement à ce genre de travail. Professeur de langues orientales! Et le vôtre : officier de cavalerie!

— Ce n'est pas exactement ce que j'ai voulu dire, sir, avait balbutié Joyce, en rougissant.

— Il n'y a guère que chez nous, je crois bien, avait conclu philosophiquement Shears, que ce travail-là, comme vous dites, peut être pratiqué occasionnellement par un gradué d'Oxford et un ancien cavalier... après tout, pourquoi pas un dessinateur industriel? »

« Prenez-le », avait été le seul conseil, laconique, donné par Warden à l'issue de cet entretien. Shears l'avait suivi. Après réflexion, lui-même n'avait pas été trop mécontent de ces réponses. Il se méfiait également des hommes qui se surestimaient et de ceux qui se sous-estimaient. Il appréciait ceux qui savaient discerner à l'avance le point délicat d'une entreprise, qui avaient assez de prévoyance pour s'y préparer, et d'imagination pour se le représenter mentalement; à condition qu'ils n'en fussent pas hypnotisés. Il était donc, au départ, satisfait de son équipe. Quant à Warden, il le connaissait depuis longtemps et savait très exactement ce qu'il « pouvait » faire.

Ils restèrent longtemps absorbés dans la contemplation de la carte, pendant que Joyce montrait les ponts avec une baguette, et en énonçait les traits particuliers. Shears et Warden écoutaient, attentifs, le visage curieusement tendu, quoiqu'ils connussent déjà par cœur le résumé de l'aspirant. Les ponts suscitaient toujours un intérêt puissant chez tous les membres de la « Plastic & Destructions Co Ltd. », un intérêt d'un caractère presque mystique.

« Ce sont de simples passerelles que vous nous décrivez là, Joyce, dit Shears. Nous voulons frapper un grand coup, ne l'oubliez pas.

— Aussi, sir, ne les ai-je mentionnées que pour mémoire. En fait il n'y a guère, je crois, que trois ouvrages vraiment intéressants. »

Tous les ponts n'étaient pas également dignes d'attention pour la Force 316. Number one partageait l'opinion du colonel Green sur l'opportunité de ne pas donner l'éveil aux Japonais avant l'achèvement du railway, par des actions de faible importance. Aussi avait-il décidé que l'équipe ne manifesterait pas sa présence pour l'instant, et se contenterait de recueillir, au cantonnement, les renseignements des agents indigènes.

« Il serait stupide de tout gâcher en nous amusant à démolir deux ou trois camions, disait-il parfois, pour faire prendre patience à ses compagnons. Ce qu'il faut, c'est débuter par un grand coup. C'est nécessaire pour nous imposer dans le pays, aux yeux des Thaïs. Attendons que les trains circulent sur le railway. »

Son intention bien arrêtée étant de commencer par un « grand coup », il était évident que les ponts de minime importance devaient être éliminés. Le résultat de cette première intervention devait compenser la longue période inactive des préparatifs, et, à lui seul, donner une allure de succès à leur aventure, même si les circonstances voulaient qu'elle ne fût suivie d'aucune autre. Shears savait que l'on ne peut jamais dire si l'action présente sera suivie d'une action future. Cela, il le gardait pour lui, mais ses deux camarades l'avaient compris, et la perception de cette arrière-pensée n'avait pas ému l'ex-professeur Warden, dont l'esprit rationnel approuvait cette façon de voir et de prévoir.

Elle n'avait pas paru, non plus, inquiéter Joyce, ni refroidir l'enthousiasme qu'avait fait naître en lui la perspective du grand coup. Elle semblait au contraire l'avoir surexcité, en lui faisant concentrer toutes les puissances de sa jeunesse sur cette occasion probablement unique; sur ce but inespéré soudainement dressé devant lui comme un phare étincelant, projetant le rayonnement éblouissant du succès dans le passé et l'éternité future, illuminant de feux magiques la pénombre grise qui avait obscurci jusqu'alors le chemin de son existence

« Joyce a raison, dit Warden, toujours économe

de ses paroles. Trois ponts seulement sont intéressant pour nous. L'un est celui du camp n° 3.

— Je crois qu'il faut définitivement éliminer celui-là, dit Shears. Le terrain découvert ne se prête pas à l'action. De plus, il est dans la plaine. Les berges sont basses. La reconstruction serait trop facile.

— L'autre est près du camp n° 10.

— Il est à considérer, mais il se trouve en Birmanie, où nous n'avons pas la complicité de partisans indigènes. En outre...

— Le troisième, sir, dit précipitamment Joyce, sans s'apercevoir qu'il coupait la parole à son chef, le troisième est le pont de la rivière Kwaï. Il ne présente aucun de ces inconvénients. La rivière a quatre cents pieds de large et coule entre de hautes berges escarpées. Il ne se trouve qu'à deux ou trois jours de marche de notre hameau. La région est pratiquement inhabitée et couverte de jungle. On peut s'en approcher sans être aperçu et le dominer d'une montagne d'où l'on a des vues sur toute la vallée. Il est très loin de tout centre important. Les Japonais prennent un soin particulier à sa construction. Il est plus large que tous les autres ponts et comporte quatre rangées de piliers. C'est l'ouvrage le plus considérable de toute la ligne et le mieux situé.

— Vous paraissez avoir bien étudié les rapports de nos agents, remarqua Shears.

— Ils sont très clairs, sir. Il me semble à moi que le pont...

— Je reconnais que le pont de la rivière Kwaï

est digne d'intérêt, dit Shears en se penchant sur la carte. Vous n'avez pas le jugement trop mauvais pour un débutant. Le colonel Green et moi-même avons déjà repéré ce passage. Mais nos renseignements ne sont pas encore assez précis, et il peut y avoir d'autres points où l'action soit plus favorable... Et où en est l'exécution de ce fameux pont, Joyce, vous qui en parlez comme si vous l'aviez vu? »

VI

L'EXÉCUTION était en bonne voie. Le soldat anglais est naturellement travailleur et il accepte sans murmure une sévère discipline, pourvu qu'il ait confiance en ses chefs et qu'il aperçoive au début de chaque journée une source de dépense physique assez abondante pour assurer son équilibre nerveux.

Au camp de la rivière Kwaï, les soldats accordaient toute leur estime au colonel Nicholson. Qui ne l'eût fait après son héroïque résistance? D'autre part, la tâche imposée n'était pas de celles qui autorisent les égarements intellectuels. Aussi, après une brève période d'hésitations, pendant laquelle ils cherchèrent à approfondir les intentions réelles de leur chef, ils s'étaient mis sérieusement à l'ouvrage, avides de démontrer leur habileté à construire, après avoir fourni la preuve de leur ingéniosité en matière de sabotage. Le colonel Nicholson avait d'ailleurs dissipé toute éventualité de malentendu, d'abord par une allocution où il expliqua très clairement ce qu'il attendait d'eux, ensuite en infligeant des punitions sévères à quelques récalcitrants qui n'avaient pas bien compris. Ceux-ci ne lui gardèrent pas rancune, tant ces peines leur parurent motivées.

« Je connais ces garçons mieux que vous, croyez-moi », répliqua un jour le colonel à Clipton, qui avait osé protester contre une tâche jugée trop pénible, pour des hommes insuffisamment nourris et en mauvais état de santé. « J'ai mis trente ans pour arriver à les connaître. Rien n'est plus mauvais pour leur moral que l'inaction, et leur physique dépend largement de leur moral. Une troupe qui s'ennuie est une troupe battue d'avance, Clipton. Laissez-les s'endormir et vous verrez se développer chez eux un esprit malsain. Au contraire, remplissez chaque minute de leur journée d'un travail fatigant : la bonne humeur et la santé sont assurées.

— « Travaillez joyeusement », murmura perfidement Clipton. Telle est la devise du général Yamashita.

— Et ce n'est pas si bête, Clipton. Nous ne devons pas hésiter à adopter un principe de l'ennemi, s'il est bon... S'il n'y avait pas d'ouvrage, j'en inventerais pour eux! Et, justement, nous avons le pont. »

Clipton ne trouva aucune formule pour traduire son état d'âme, et se contenta de répéter stupidement :

« Oui, nous avons le pont. »

D'eux-mêmes, d'ailleurs, les soldats anglais

s'étaient déjà lassés d'une attitude et d'une conduite qui heurtaient leur sens instinctif du travail bien fait. Avant même que le colonel fût intervenu, les manœuvres subversives étaient devenues pour beaucoup un devoir malaisé, et certains n'avaient pas attendu ses ordres pour utiliser consciencieusement leurs bras et leurs outils. Il était dans leur nature occidentale de fournir loyalement un effort considérable en échange du pain quotidien, et leur sang anglo-saxon les poussait à orienter cet effort vers le constructif et la stable solidité. Le colonel ne s'était pas trompé sur leur compte. Sa nouvelle politique leur apporta un soulagement moral.

Comme le soldat japonais est lui-même discipliné et dur à la besogne, comme, d'autre part, Saïto avait menacé ses hommes de leur couper la tête s'ils ne se montraient pas meilleurs ouvriers que les Anglais, les deux sections de voie avaient été rapidement terminées tandis que les baraquements du nouveau camp étaient édifiés et rendus habitables. A peu près à la même époque, Reeves, ayant terminé son plan, l'avait passé au commandant Hughes. Celui-ci entra alors dans le circuit et put donner sa mesure. Grâce à ses qualités d'organisateur, grâce à sa connaissance des hommes et son expérience des multiples combinaisons suivant lesquelles ils peuvent être plus ou moins efficacement associés, l'industriel obtint, dès les premiers jours, des résultats tangibles.

Le premier soin de Hughes avait été de diviser sa main-d'œuvre en différents groupes et d'attribuer à chacun une activité particulière, l'un continuant d'abattre des arbres, un autre faisant un premier dégrossissage des troncs, un troisième taillant les poutres, un des plus nombreux enfonçant les piliers, et bien d'autres pour la superstructure et le tablier. Quelques équipes, et non les moins importantes dans l'esprit de Hughes, étaient spécialisées dans des travaux divers, tels que l'édification des échafaudages, le transport des matériaux, l'affûtage des outils, activités accessoires de l'œuvre proprement dite, mais auxquelles la prévoyance occidentale accorde, et avec raison, autant de soins qu'aux opérations directement productrices.

Ces dispositions étaient judicieuses, et se révélèrent efficaces, comme il arrive toujours lorsqu'elles ne sont pas poussées à l'extrême. Un lot de madriers préparés, et les premiers échafaudages construits, Hughes lança en avant son équipe des piliers. La tâche de celle-ci était pénible; la plus dure et la plus ingrate de toute l'entreprise. Les nouveaux constructeurs de ponts, privés des précieux auxiliaires mécaniques, en étaient réduits ici à employer les mêmes procédés que les Japonais, c'est-à-dire à laisser tomber sur la tête des piliers une lourde masse, et à répéter cette opération jusqu'à ce que ceux-ci fussent solidement implantés dans le fond de la rivière. Le « mouton » dégringolait d'une hauteur de huit à dix pieds, devait être de nouveau hissé par un système de cordes et de poulies, puis retombait interminablement. A chaque percussion, le pilier s'enfonçait d'une infime fraction de pouce, car le sol était très dur. C'était une besogne harassante et désespérante. Le progrès n'était pas perceptible d'une minute à l'autre, et l'image d'un groupe d'hommes presque nus, tirant sur une corde, évoquait invinciblement une sombre atmosphère d'esclavage. Hughes avait donné le commandement de cette équipe à un des meilleurs lieutenants, Harper, homme énergique, qui n'avait pas son pareil pour entraîner les prisonniers en rythmant lui-même la cadence d'une voix sonore. Grâce à son entrain, ce travail de forçat fut accompli avec enthousiasme. Sous les yeux émerveillés des Japonais, les quatre lignes parallèles s'élancèrent bientôt, coupant le courant, vers la rive gauche.

Clipton s'était demandé un moment si l'implantation du premier support ne donnerait pas lieu à une cérémonie solennelle, mais il n'y avait eu que quelques gestes symboliques très simples. Le colonel Nicholson s'était borné à saisir lui-même une corde du mouton et à tirer vigoureusement pendant le temps d'une dizaine de chocs, pour donner l'exemple.

Dès que l'équipe des piliers eut pris une avance suffisante, Hughes mit en route celles de la superstructure. Par-derrière, suivirent d'autres qui posèrent le tablier avec ses larges voies et ses deux balustrades. Les différentes activités avaient été si bien coordonnées que la progresion continua à partir de ce moment avec une régularité mathématique.

Un spectateur peu sensible aux détails des mouvements, et fanatique des idées générales, aurait pu voir dans le développement du pont un processus continu de synthèse naturelle. C'était bien là l'impression du colonel Nicholson. Il suivait d'un œil satisfait cette matérialisation progressive, en faisant facilement abstraction de toute la poussière des activités élémentaires. Le résultat d'ensemble en arrivait à affecter seul son esprit, symbolisant et condensant en une structure vivante les efforts acharnés et les innombrables expériences capitalisées au cours des siècles par une race qui s'élève peu à peu jusqu'à la civilisation.

C'était également dans la même lumière que le pont apparaissait parfois à Reeves. Il le voyait avec émerveillement grandir au-dessus de l'eau en même temps qu'il s'allongeait en travers de la rivière, après avoir atteint presque instantanément sa largeur totale, inscrivant majestueusement dans les trois dimensions de l'espace la forme palpable de la création, incarnant miraculeusement au pied des montagnes sauvages de Thaïlande la puissance fécondante de ses conceptions et de ses recherches.

Saïto, lui aussi, se laissait prendre à la magie de ce prodige quotidien. Malgré ses efforts, il ne pouvait dissimuler que partiellement son étonnement et son admiration. Sa surprise était naturelle. N'ayant pas encore assimilé, ni surtout analysé, les caractères subtils de la civilisation occidentale, comme le disait très justement le colonel Nicholson, il ne pouvait savoir combien l'ordre, l'organisation, la méditation sur des chiffres, la représentation symbolique sur le papier et la coordination experte des activités humaines favorisent et finalement accélèrent l'exécution. Le sens et l'utilité de cette gestation spirituelle seront toujours étrangers aux primitifs.

Quant à Clipton, il fut définitivement convaincu de sa naïveté première et mesura humblement la dérision de l'attitude sarcastique par laquelle il avait accueilli l'application des méthodes industrielles modernes à l'édification du pont de la rivière Kwaï.

Il fit en lui-même amende honorable, avec son habituel souci d'objectivité, mêlé à un certain remords de s'être montré aussi peu perspicace. Il reconnut que les pratiques du monde occidental avaient abouti, en cette occasion, à d'incontestables résultats. Il généralisa à partir de cette constatation, et en arriva à conclure que ces pratiques doivent « toujours » se montrer efficaces et toujours amener des « résultats ». Les critiques qui leur sont parfois adressées ne leur rendent pas suffisamment justice sur ce point. Lui-même, après beaucoup d'autres, s'était laissé tenter par le misérable démon de la raillerie facile.

Le pont croissant chaque jour en taille et en beauté, le milieu de la rivière Kwaï fut bientôt atteint, puis dépassé. Il devint alors évident pour tous qu'il serait terminé avant la date prévue par le haut commandement nippon et n'apporterait aucun retard à la marche triomphale de l'armée conquérante.

TROISIÈME PARTIE

I

Joyce vida d'un trait le verre d'alcool qui lui était offert. Sa pénible expédition ne l'avait pas trop marqué. Il était encore assez alerte et ses yeux étaient vifs. Avant même de se débarrasser de l'étrange costume thaï, sous lequel Shears et Warden avaient peine à le reconnaître, il tint à proclamer les résultats les plus importants de sa mission.

« Le coup est faisable, sir, j'en suis certain, difficile, il ne faut pas s'illusionner, mais possible et certainement payant. La forêt est épaisse. La rivière est large. Le pont passe au-dessus d'un abîme. Les berges sont escarpées. Le train ne pourrait pas être dégagé, à moins d'un matériel considérable.

— Commencez par le début, dit Shears. Ou bien, préférez-vous d'abord prendre une douche?

— Je ne suis pas fatigué, sir.

— Laissez-le donc faire, grogna Warden. Vous ne voyez pas qu'il a besoin de parler plus que de se reposer? »

Shears sourit. Il était évident que Joyce était

aussi impatient de faire son récit que lui de l'entendre. Ils s'installèrent aussi confortablement que possible en face de la carte. Warden, toujours prévoyant, tendit un deuxième verre à son camarade. Dans la pièce voisine, les deux partisans thaïs qui avaient servi de guides au jeune homme s'étaient accroupis sur le sol, entourés par quelques habitants du hameau. Ils avaient déjà commencé de raconter à voix basse leur expédition et de faire des commentaires flatteurs sur le comportement de l'homme blanc qu'ils avaient accompagné.

« Le voyage a été un peu fatigant, sir, commença Joyce. Trois nuits de marche dans la jungle; et par quels chemins! Mais les partisans ont été admirables. Ils m'ont amené, comme ils l'avaient promis, au sommet d'une montagne, sur la rive gauche, d'où l'on découvre toute la vallée, le camp et le pont. Un observatoire parfait.

— J'espère que vous n'avez pas été vu?

— Aucun risque, sir. Nous ne marchions que la nuit, dans une obscurité telle que je devais conserver la main sur l'épaule d'un guide. Nous nous arrêtions le jour, dans des fourrés assez épais pour décourager les curieux. La région est d'ailleurs si sauvage que ce n'était même pas nécessaire. Nous n'avons pas aperçu une âme jusqu'à l'arrivée.

— Bien, dit Shears. Continuez. »

Sans en avoir l'air, tout en écoutant, Number one examinait minutieusement l'attitude de l'aspirant Joyce et tâchait de préciser l'opinion qu'il avait commencé à se faire de lui. L'importance de cette reconnaissance était double. à ses yeux, car elle lui permettait de juger les qualités de son jeune équipier, lorsqu'il était livré à lui-même. La première impression, à son retour, avait été favorable. De bon augure également était l'air satisfait des guides indigènes. Shears savait que ces impondérables n'étaient pas négligeables. Joyce était un peu surexcité, certainement, par ce qu'il avait vu, par ce qu'il avait à rapporter et par la réaction causée par l'atmosphère relativement paisible de leur cantonnement, après l'émotion des multiples dangers auxquels il avait été exposé depuis son départ. Il paraissait cependant suffisamment maître de lui.

« Les Thaïs ne nous avaient pas trompés, sir. C'est vraiment un bel ouvrage... »

Le temps du grand coup approchait, à mesure que s'allongeaient les deux lignes de rails sur le remblai construit au prix de mille souffrances par les prisonniers alliés, dans les pays de Birmanie et de Thaïlande. Shears et ses deux compagnons avaient suivi jour par jour les progrès de la voie. Joyce passait des heures à compléter et à corriger son tracé d'après les derniers renseignements reçus. Chaque semaine, il marquait en un trait plein, rouge, une section terminée. Le trait était maintenant presque continu depuis Bangkok jusqu'à Rangoon. Les passages particulièrement intéressants étaient marqués par des croix. Les caractères de tous les ouvrages d'art étaient consignés sur des fiches, méticuleusement tenues à jour par Warden, qui avait l'amour de l'ordre.

Leur connaissance de la ligne devenant plus complète et plus précise, ils avaient été invinciblement ramenés vers le pont de la rivière Kwaï, qui s'était imposé à leur attention, dès le début, par une profusion d'attraits. Ils avaient été hypnotisés, en leur vision spéciale des ponts, par cette exceptionnelle abondance de circonstances favorables à l'exécution du plan qu'ils avaient machinalement commencé d'ébaucher; plan où se mêlaient la précision et la fantaisie caractéristique de la « Plastic & Destructions Co Ltd. ». C'était peu à peu sur le pont de la rivière Kwaï, et sur aucun autre, que, poussés par l'instinct et la raison, ils avaient concentré l'énergie de leur ambition et de leurs espoirs. Les autres avaient été aussi consciencieusement examinés, et leurs avantages discutés, mais celui-ci avait fini par s'imposer naturellement, implicitement, comme but évident de leur entreprise. Le grand coup, d'abord abstraction floue n'existant que comme possibilité de rêve, s'était incarné en un corps rigide, situé dans l'espace, enfin vulnérable, exposé à toutes les contingences, toutes les dégradations des réalisations humaines, et en particulier à l'anéantissement.

« Ce n'est pas là une besogne pour l'aviation, avait dit Shears. Un pont en bois n'est pas facile à détruire de l'air. Les bombes, quand elles atteignent le but, démolissent deux ou trois travées. Les autres sont seulement ébranlées. Les Japs font une réparation de fortune: ils sont passés maîtres dans cet art. Nous, nous pouvons, non seulement briser les piliers au ras de l'eau, mais encore provoquer l'explosion au moment du passage d'un train. Alors, c'est tout le convoi qui s'écroule dans la rivière, causant des dommages irréparables et ne laissant aucune poutre utilisable. J'ai vu cela une fois dans ma carrière. Le trafic a été interrompu pendant plusieurs semaines. Et c'était dans un pays civilisé, où l'ennemi avait pu amener des appareils de levage. Ici, je vous dis qu'il leur faudra dévier la voie et reconstruire le pont entièrement... Sans compter la perte d'un train, avec son chargement. Un spectacle d'enfer! Je le vois. »

Tous trois voyaient cet admirable spectacle. Le grand coup possédait maintenant une armature solide, sur laquelle l'imagination pouvait broder. Une succession d'images, alternativement sombres et colorées, peuplaient le sommeil de Joyce. Les premières étaient relatives à la préparation dans l'ombre; les autres se terminaient par un tableau si brillant qu'il en discernait les plus infimes détails avec une extraordinaire précision : le train s'engageait au-dessus du gouffre au fond duquel scintillait la rivière Kwaï entre deux masses compactes de jungle. Sa propre main était crispée sur un levier. Ses yeux fixaient un certain point, situé au milieu du pont. L'espace entre la locomotive et ce point diminuait rapidement. Il fallait appuyer au moment favorable. Il n'y avait plus que quelques pieds, plus qu'un pied... sa main s'abaissait sans une hésitation à l'instant précis. Sur le pont fantôme construit dans son esprit, il avait déjà cherché et trouvé un repère correspondant à la moitié de la longueur!

« Sir, s'était-il inquiété un jour, pourvu que les aviateurs ne s'en mêlent pas avant nous!

— J'ai déjà envoyé un message pour demander qu'ils n'interviennent pas ici, avait répondu Shears. J'espère qu'ils nous laisseront tranquilles. »

Pendant cette période d'attente, d'innombrables renseignements s'étaient accumulés sur le pont, que des partisans espionnaient pour eux d'une montagne voisine, car ils ne s'en étaient pas encore approchés, craignant que la présence d'un homme blanc ne fût signalée dans la région. Cent fois, il leur avait été décrit, et même dessiné sur le sable par les agents les plus adroits. De leur retraite, ils avaient suivi toutes les étapes de la construction, étonnés de l'ordre et de la méthode inusités qui paraissaient régler tous les mouvements et qui étaient perceptibles à travers tous les rapports. Ils étaient habitués à rechercher la vérité sous les bavardages. Ils avaient vite décelé un sentiment voisin de l'admiration dans les récits des Thaïs. Ceux-ci n'étaient pas qualifiés pour apprécier la technique savante du capitaine Reeves, ni l'organisation qui s'était créée sous l'impulsion du colonnel Nicholson, mais ils se rendaient bien compte qu'il ne s'agissait pas là d'un informe échafaudage, dans le style japonais habituel. Les peuples primitifs apprécient inconsciemment l'art et la science.

« Dieu les bénisse, disait parfois Shears, impatienté. C'est un nouveau « George Washington Bridge » qu'ils sont en train de construire, si nos gens disent vrai. Ils veulent rendre jaloux nos amis Yankees! »

Cette ampleur insolite, ce luxe presque — il y avait, disaient les Thaïs, une route assez large, à côté de la voie, pour permettre le passage de deux camions de front —, intriguaient et inquiétaient Shears. Un ouvrage aussi considérable serait certainement l'objet d'une surveillance spéciale. En contrepartie, il aurait peut-être une importance stratégique plus grande encore qu'il n'avait pensé, et le coup serait d'autant mieux réussi.

Les indigènes parlaient aussi souvent des prisonniers. Ils les avaient aperçus, presque nus sous le soleil brûlant, travaillant sans répit sous la surveillance de leurs gardes. Tous trois oubliaient alors un instant leur entreprise pour accorder une pensée à leurs malheureux compatriotes. Ils connaissaient les procédés des Nippons et imaginaient facilement à quel degré pouvait être poussée leur férocité pour l'exécution d'un tel ouvrage.

« Si seulement ils savaient que nous ne sommes pas loin, sir, avait dit un jour Joyce, et que le pont ne sera jamais utilisé, leur moral serait certainement meilleur.

— Peut-être, avait répondu Shears; mais je ne veux, à aucun prix, entrer en rapport avec eux. Cela ne se peut pas, Joyce. Notre métier exige le secret, même vis-à-vis des amis. Leur imagination travaillerait. Ils se mettraient à vouloir nous aider, et risqueraient de tout compromettre, au contraire, en essayant de saboter le pont à leur façon. Ils donneraient l'éveil aux Japs et s'exposeraient inutilement à des représailles terribles. Ils doivent être tenus en dehors du coup. Les Japs ne doivent même pas songer à leur possible complicité. »

Un jour, devant les singulières merveilles qui lui étaient quotidiennement rapportées de la rivière Kwaï, Shears, incrédule, s'était brusquement décidé.

« L'un de nous doit y aller voir. Le travail approche de la fin, et nous ne pouvons pas nous fier plus longtemps aux récits de ces braves gens, qui me paraissent fantastiques. Vous irez, Joyce. Ce sera un excellent entraînement pour vous. Je veux savoir à quoi ressemble véritablement ce pont, vous m'entendez? Quelles sont ses dimensions exactes? Combien a-t-il de piliers? Rapportez-moi des chiffres. Comment peut-on l'aborder? Comment est-il gardé? Quelles sont les possibilités d'action? Vous agirez pour le mieux, sans trop vous exposer. Il est essentiel que vous ne soyez pas aperçu; rappelez-vous cela; mais donnez-moi des renseignements précis, sur ce sacré pont, bon Dieu! »

II

« Je l'ai vu à la jumelle, comme je vous vois, sir.
— Commencez par le début, répéta Shears, malgré son impatience. Le trajet? »

Joyce était parti un soir en compagnie de deux indigènes, qui avaient l'habitude des expéditions nocturnes silencieuses, entraînés qu'ils étaient à faire passer en contrebande des ballots d'opium et des cigarettes de la Birmanie à la Thaïlande. Ils affirmaient que leurs sentiers étaient sûrs; mais le secret d'une personne européenne dans le voisinage de la voie ferrée était si important que Joyce avait tenu à se déguiser en paysan thaï et à se teindre la peau avec une préparation brune, mise au point à Calcutta pour une circonstance de ce genre.

Il s'était vite convaincu que ses guides n'avaient pas menti. Les véritables ennemis, dans cette jungle, étaient les moustiques et surtout les sangsues, qui s'accrochaient à ses jambes découvertes. montaient le long de son corps, et dont il sentait le contact gluant chaque fois qu'il passait la main sur sa peau. Il avait fait son possible pour surmonter sa répugnance et les oublier. Il y avait à peu près réussi. De toute façon, il ne pouvait pas s'en débarrasser la nuit. Il s'interdisait d'allumer une cigarette pour les griller et il avait besoin de toute son attention pour garder le contact avec les Thaïs.

« Avance pénible? demanda Shears.

— Assez, sir. Comme je vous l'ai dit : obligé de garder la main sur l'épaule d'un guide. Et les « sentiers » de ces braves gens sont vraiment curieux! »

Pendant trois nuits, ils lui avaient fait escalader des collines et descendre des ravins. Ils suivaient le lit rocailleux des ruisseaux obstrués çà et là par les débris à l'odeur nauséabonde d'une végétation pourrie, contre lesquels il butait, récoltant chaque fois de nouvelles sangsues par paquets grouillants. Ses guides affectionnaient ces chemins, dans lesquels ils étaient sûrs de ne pas s'égarer. La marche durait jusqu'à l'aube. Aux premières lueurs, ils s'enfonçaient dans un fourré, mangeaient rapidement le riz cuit et les morceaux de viande grillée emportés pour le voyage. Les deux Thaïs s'accroupissaient contre un arbre et, jusqu'au soir, tiraient des bouffées grésillantes de la pipe à eau dont ils ne se séparaient jamais. C'était, après la fatigue de la nuit, leur façon de se reposer le jour. Ils somnolaient parfois entre deux bouffées, sans changer de position.

Joyce, lui, tenait à dormir pour ménager ses forces, désireux de se rendre favorables tous les facteurs dont dépendait le succès de cette mission. Il commençait par se débarrasser des sangsues qui couvraient son corps. Quelques-unes, repues, s'étaient détachées d'elles-mêmes pendant la marche, laissant un petit caillot de sang noir. Les autres, à demi rassasiées seulement, s'acharnaient sur cette proie que les hasards de la guerre avaient amenée dans la jungle de Thaïlande. Sous la braise d'une cigarette, le corps boudiné se contractait, se contorsionnait, finalement lâchait prise et tombait sur le sol, où il l'écrasait entre deux pierres. Alors, il se couchait sur une mince toile et s'endormait immédiatement; mais les fourmis ne le laissaient pas longtemps en paix.

Attirées par les gouttes de sang coagulé qui constellaient sa peau, elles choisissaient cet instant pour s'approcher en légions filiformes, noires et rouges. Il apprit bientôt à les distinguer dès le premier contact, avant même d'avoir repris conscience. Avec les rouges, il n'y avait aucun espoir. Leur morsure sur ses plaies était celle de tenailles chauffées à blanc. Une seule était intolérable, et elles arrivaient par bataillons. Il devait céder le terrain et chercher une autre place, où il pût se reposer jusqu'à ce qu'elles l'eussent repéré et attaqué de nouveau. Les noires, les grosses noires surtout, étaient plus supportables. Elles ne mordaient pas et leur frôlement ne l'éveillait que lorsque ses blessures en étaient couvertes.

Il parvenait toujours, cependant, à dormir assez; bien assez pour être, le soir venu, capable d'escalader des pics dix fois plus hauts et cent fois plus escarpés que les montagnes de Thaïlande. Il était grisé par la sensation d'être livré à lui-même, au cours de cette reconnaissance qui était une première étape dans la réalisation du grand coup. C'était, il n'en doutait pas, de sa volonté, de son jugement, de ses actes, pendant cette expédition, que dépendait le succès final, et cette certitude lui conservait intactes d'inépuisables réserves. Son regard ne se détachait plus du pont imaginé, de ce fantôme qui s'était installé en permanence dans l'univers de ses rêveries et dont la simple contemplation donnait au plus banal de ses mouvements la puissance mystique illimitée d'un effort glorieux vers la victoire.

Le pont matériel, le pont de la rivière Kwaï, s'était révélé à lui soudainement comme ils parvenaient au sommet d'une montagne dominant la vallée, après une dernière ascension plus harassante que les autres. Ils avaient prolongé leur marche plus tard que les nuits précédentes et le soleil était déjà levé lorsqu'ils étaient arrivés à cet observatoire déjà signalé par les Thaïs. Il découvrit le pont comme il l'eût fait d'un avion, à quelques centaines de mètres en dessous de lui, un ruban clair tendu sur l'eau entre deux masses de forêt, juste assez décalé vers sa droite, pour qu'il pût apercevoir le réseau géométrique des poutres supportant le tablier. Pendant un long moment, il ne remarqua aucun autre élément du tableau qui s'étendait à ses pieds, ni le camp situé en face de lui sur l'autre rive ni même les groupes de prisonniers qui s'affairaient autour de leur ouvrage.

L'observatoire était idéal et il s'y sentait en parfaite sécurité. Les patrouilles japonaises ne devaient pas s'aventurer dans le maquis qui le séparait de la rivière.

« Je l'ai vu comme je vous vois, sir. Les Thaïs n'avaient pas exagéré. Il a des proportions considérables. Il est bien construit. Rien de commun avec les autres ponts japonais. Voici plusieurs croquis; mais j'ai fait mieux... »

Il l'avait reconnu au premier coup d'œil. Son bouleversement devant cette matérialisation du fantôme n'était pas fait de surprise, mais causé au contraire par son aspect familier. Le pont était bien tel qu'il l'avait construit. Il le vérifia, d'abord avec anxiété, puis avec une confiance croissante. L'ensemble du décor était aussi conforme à la patiente synthèse de son imagination et de son désir. Quelques points seulement différaient. L'eau n'était pas brillante comme il l'avait vue. Elle était boueuse. Il en ressentit d'abord une réelle contrariété, mais se rasséréna en songeant que cette imperfection servait leur dessein.

Pendant deux jours, invisible, tapi dans les broussailles, il avait avidement observé à la jumelle et étudié le théâtre où serait frappé le grand coup. Il s'était gravé dans la tête la disposition d'ensemble et tous les détails, prenant des notes, repérant sur un croquis les sentiers, le camp, les baraques japonaises, les coudes de la rivière et jusqu'aux gros rochers qui émergeaient par endroits.

« Le courant n'est pas très violent, sir. La rivière est praticable pour une petite embarcation ou un bon nageur. L'eau est boueuse... Le pont a une route pour les véhicules... et quatre rangées de piliers. J'ai vu les prisonniers les enfoncer au moyen d'un mouton. Les prisonniers anglais... Ils ont presque atteint la rive gauche, sir, celle de l'observatoire. D'autres équipes avancent par-derrière. Dans un mois, peut-être, le pont sera terminé... La superstructure... »

Il avait maintenant une telle abondance de renseignements à fournir qu'il n'arrivait plus à suivre un plan dans son récit. Shears le laissait aller à sa guise sans l'interrompre. Il serait temps, quand il aurait fini, de poser des questions précises.

« La superstructure est un réseau géométrique d'entretoises qui semble avoir été parfaitement étudié. Les poutres sont bien équarries et ajustées. J'ai vu les détails d'assemblage à la jumelle... Un travail exceptionnellement soigné, sir... et solide, nous ne devons pas nous le dissimuler. Il ne s'agit pas seulement de briser quelques pièces de bois. J'ai réfléchi sur place au moyen le plus sûr et en même temps le plus simple, sir. Je crois que nous devons nous attaquer aux piliers, dans l'eau, sous l'eau. Elle est sale. Les charges seront invisibles. Ainsi, toute la masse s'écroulera d'un coup.

— Quatre rangées de piliers, interrompit pensivement Shears, c'est un gros travail. Du diable s'ils n'auraient pas pu bâtir leur pont comme ils le font habituellement.

— Quelle distance entre les piliers d'une même rangée? demanda Warden qui aimait les précisions.

— Dix pieds. »

Shears et Warden firent en silence le même calcul.

« Il faut prévoir une longueur de soixante pieds, pour avoir une certitude, reprit enfin Warden. Cela fait six piliers par rangée, soit en tout vingt-quatre, à « préparer ». Cela prendra du temps.

— Cela peut se faire en une nuit, sir, j'en suis certain. Sous le pont, on peut travailler tranquillement. Sa largeur est telle que l'on est complètement caché. Le frottement de l'eau contre les piliers étouffe tous les autres bruits. Je le sais...

— Comment pouvez-vous savoir ce qui se passe sous le pont? demanda Shears en le regardant curieusement.

— Attendez, sir, je ne vous ai pas tout dit... J'y suis allé.

— Vous y êtes allé?

— Il le fallait, sir. Vous m'aviez dit de ne pas m'approcher, mais j'étais obligé de le faire pour avoir certains renseignements importants. Je suis descendu de l'observatoire, par l'autre versant de la montagne, vers la rivière. J'ai pensé que je ne devais pas laisser échapper cette occasion, sir. Les Thaïs m'ont guidé dans des pistes tracées par les sangliers. Il fallait marcher à quatre pattes.

— Combien de temps avez-vous mis? demanda Shears.

— Trois heures environ, sir. Nous sommes partis vers le soir. Je voulais être sur place dans la nuit. Il y avait un risque, bien sûr, mais je voulais voir par moi-même...

— Il n'est pas mauvais parfois d'interpréter largement les instructions, dit Number one avec un un coup d'œil à Warden. Vous avez réussi, oui? C'est déjà quelque chose.

— Je n'ai pas été aperçu, sir. Nous avons atteint la rivière, à environ un quart de mille en amont du pont. Il y a là un petit village indigène, isolé, malheureusement. Mais tout dormait. J'ai renvoyé mes guides. Je voulais être seul pour cette exploration. Je me suis mis à l'eau et me suis laissé descendre dans le courant.

— La nuit était-elle claire? demanda Warden

— Assez. Pas de lune, mais pas de nuages non plus. Le pont est très haut. Ils ne peuvent rien voir...

— Procédons par ordre, dit Shears. Comment avez-vous abordé le pont?

— J'étais allongé sur le dos, sir, avec tout juste la bouche hors de l'eau. Au-dessus de moi... »

« Bon Dieu, Shears, grommela Warden, vous devriez bien penser un peu à moi pour des missions pareilles.

— Je crois que je penserais surtout à moi, la prochaine fois », marmotta Shears.

Il revivait la scène si intensément que ses deux compagnons se laissaient prendre à son enthousiasme et éprouvaient un douloureux regret à la pensée d'avoir manqué cette partie de plaisir.

C'était le jour même de son arrivée à l'observatoire, après les trois nuits de marche exténuante, qu'il s'était brusquement décidé à tenter cette expédition. Il ne pouvait attendre plus longtemps. Après avoir vu le pont presque à portée de sa main, il lui fallait le toucher du doigt.

Etendu dans l'eau, ne distinguant aucun détail dans les masses compactes des rives, à peine conscient d'être emporté par un courant qu'il ne percevait pas, il n'avait comme repère que la longue ligne horizontale du pont. Elle se détachait en noir dans le ciel. Elle s'allongeait en montant vers le zénith, à mesure qu'il approchait, pendant que les étoiles, au-dessus de sa tête, se précipitaient pour s'y engloutir.

Sous le pont, l'obscurité était presque complète. Il était resté là longtemps, immobile, accroché à un pilier, dans une eau froide qui n'apaisait pas sa fièvre, parvenant peu à peu à percer les ténèbres, découvrant sans étonnement l'étrange forêt de troncs lisses émergeant au-dessus des remous. Ce nouvel aspect du pont lui était également familier.

« Le coup est faisable, sir, j'en suis sûr. Le mieux serait d'apporter les charges sur un radeau léger. Il serait invisible. Les hommes, dans l'eau. Sous le pont, on est tranquille. Le courant n'est pas assez fort pour vous empêcher de nager d'un pilier à l'autre. On peut s'attacher, au besoin, pour éviter d'être emporté... J'ai parcouru toute la longueur. J'ai mesuré l'épaisseur des bois, sir. Ils ne sont pas trop gros. Une charge relativement faible suffira... sous l'eau... L'eau est sale, sir.

— Il faudra la placer assez profondément, dit Warden. L'eau sera peut-être claire, le jour du coup. »

Il avait fait une répétition de tous les gestes nécessaires. Pendant plus de deux heures, il avait palpé les piliers, prenant des mesures avec une ficelle, évaluant les intervalles, choisissant ceux dont la rupture causerait la catastrophe la plus tragique, gravant dans son esprit tous les détails utiles à la préparation du grand coup. A deux reprises, il avait entendu des pas pesants, très haut au-dessus de sa tête. Une sentinelle japonaise arpentait le tablier. Il s'était tapi contre un pilier et avait attendu. Elle avait négligemment balayé la rivière avec une torche électrique.

« Il y a un risque à courir à l'arrivée, sir, s'ils allument une lampe. Mais, une fois sous le pont, on les entend venir de loin. Le bruit des pas se répercute dans l'eau. On a tout le temps de gagner une des rangées intérieures.

— La rivière est profonde? interrogea Shears.

— Plus de deux mètres, sir. J'ai plongé.

— Quelle est votre idée pour le déclenchement?

— Voilà, sir. Je crois qu'il ne faut pas songer à une action provoquée automatiquement par le passage du train. Les cordons ne pourraient pas être dissimulés. Tout doit être sous l'eau, sir... Une bonne longueur de fil électrique, noyé au fond de la rivière. Le fil ressort sur la berge, caché dans les broussailles... sur la rive droite, sir. J'ai découvert un emplacement idéal. Un coin de jungle vierge, où un homme peut se cacher et attendre. Et il a une bonne vue sur le tablier du pont, par une trouée à travers les arbres.

— Pourquoi sur la rive droite? interrompit Shears en fronçant le sourcil. C'est celle du camp, si je comprends bien. Pourquoi pas sur la rive opposée, celle de la montagne, couverte d'un maquis impénétrable, d'après ce que vous m'avez dit, et qui doit tout naturellement servir de chemin pour la retraite?

— Exact, sir. Seulement, regardez encore ce croquis. La voie ferrée, après une large courbe, contourne justement cette montagne après le pont et longe la rivière en aval de celui-ci. Entre l'eau et la voie, la jungle a été abattue, et le terrain débroussaillé. Le jour venu, un homme ne peut y demeuré caché. Il devrait se placer beaucoup plus en retrait, de l'autre côté du remblai, sur les premières pentes de la montagne... Une trop grande longueur de fil, sir, est impossible à dissimuler sur la traversée du chemin de fer, à moins d'un très long travail.

— Je n'aime pas beaucoup cela, déclara Number one. Et pourquoi pas sur la rive gauche, mais en amont du pont?

— La rive est inaccessible par l'eau, sir, une falaise abrupte. Et plus loin, il y a le petit village indigène. Je suis allé voir. J'ai retraversé la rivière, puis la voie. J'ai fait un crochet pour rester en terrain couvert et je suis remonté en amont du pont. C'est impossible, sir. Le seul poste convenable est sur la rive droite.

— Ah çà, s'écria Warden, vous avez donc tourné toute la nuit autour de ce pont?

— A peu près. Mais j'étais de nouveau dans la

jungle avant l'aube. J'ai regagné l'observatoire dans la matinée.

— Et d'après votre plan, dit Shears, l'homme qui restera à ce poste, comment pourra-t-il se sauver?

— Il ne faut pas plus de trois minutes à un bon nageur pour traverser; c'est le temps que j'ai mis, sir, et l'explosion détournera l'attention des Japonais. Je pense qu'un groupe de soutien, installé au bas de la montagne, pourrait couvrir sa retraite. S'il parvient ensuite à franchir l'espace découvert et la voie, il est sauvé, sir. La jungle ne permet pas une poursuite efficace. Je vous assure que c'est le meilleur plan. »

Shears resta longtemps pensif, penché sur les croquis de Joyce.

« C'est un plan qui mérite d'être étudié, dit-il enfin. Evidemment, après avoir été sur place, vous êtes assez bien qualifié pour donner votre avis; et le résultat vaut la peine de courir un risque... Qu'avez-vous vu encore du haut de votre perchoir? »

III

Le soleil était déjà haut lorsqu'il avait regagné le sommet de la montagne. Ses deux guides, revenus dans la nuit, l'attendaient avec inquiétude. Il était exténué. Il s'était allongé pour se reposer une heure et ne s'était réveillé que vers le soir. Il l'avoua en s'excusant.

« Bien... Alors, je suppose que vous avez dormi encore dans la nuit? C'était ce que vous aviez de mieux à faire. Et vous avez repris votre poste le lendemain?

— Exactement, sir. Je suis resté un jour de plus. Il y avait encore beaucoup de choses à examiner. »

Il lui fallait observer les êtres vivants, après avoir consacré cette première période à la matière inerte. Envoûté jusque-là par le pont et les éléments du paysage auxquels était étroitement liée l'action future, il s'était soudain senti bouleversé par le spectacle de ces frères malheureux, réduits à une abjecte condition d'esclavage, qu'il voyait s'agiter dans le champ de sa jumelle. Il connaissait bien les méthodes que les Nippons appliquaient dans les camps. Une multitude de rapports secrets détaillaient les perpétuelles atrocités commises par les vainqueurs.

« Avez-vous assisté à des scènes pénibles? interrogea Shears.

— Non, sir; ce n'était probablement pas le jour. Mais j'ai vraiment été saisi en songeant qu'ils travaillaient ainsi depuis des mois, sous ce climat, mal nourris, mal logés, sans soins, et sous la menace de quelles punitions. »

Il avait passé tous les groupes en revue. Il avait examiné chaque homme à la jumelle et avait été épouvanté de son état. Number one fronça le sourcil.

« Notre travail ne nous permet pas trop de nous attendrir, Joyce.

— Je le sais, sir, mais ils n'ont plus véritablement que la peau et les os. La plupart ont les membres couverts de plaies et d'ulcères. Certains peuvent à peine se traîner. Personne, dans notre monde, ne songerait à faire exécuter une tâche à des hommes aussi physiquement déchus. Il faut les voir, sir! J'en aurais pleuré. Ceux de l'équipe qui tire les cordes pour enfoncer les derniers piliers!... Des squelettes, sir. Je n'ai jamais vu un spectacle aussi effrayant. C'est le plus abominable des crimes.

— Ne vous inquiétez pas de cela, dit Shears. Tout sera payé.

— Et pourtant, sir, je dois avouer que leur attitude a fait mon admiration. Malgré leur évidente détresse physique, aucun d'eux ne paraît vraiment abattu. Je les ai bien observés. Ils mettent un point d'honneur à ignorer la présence de leurs gardes, voilà très exactement l'impression que j'ai eue, sir : ils agissent comme si les Japonais n'étaient pas là. Ils sont sur le chantier de l'aube à la tombée de la nuit... comme cela depuis des mois, sans une journée de repos, probablement... Et ils n'avaient pas l'air désespéré. Malgré leur accoutrement, malgré leur état de misère physique, ils n'ont pas des allures d'esclaves, sir. J'ai vu leur regard. »

Tous trois gardèrent le silence pendant un assez long moment, se laissant aller à leurs réflexions.

« Le soldat anglais possède d'inépuisables ressources dans l'adversité, dit enfin Warden.

— Avez-vous fait d'autres observations? demanda Shears.

— Les officiers, les officiers anglais, sir! Ils ne travaillent pas. Ils commandent leurs hommes, qui paraissent se soucier beaucoup plus d'eux que des gardes. Ils sont en uniforme.

— En uniforme!

— Avec les insignes, sir. J'ai reconnu tous les grades.

— Du diable!... s'exclama Shears. Les Thaïs avaient signalé ce point, et je n'avais pas voulu les croire. Dans les autres camps, ils ont fait travailler tous les prisonniers, sans exception... Y avait-il des officiers supérieurs?

— Un colonel, sir. Certainement, le colonel Nicholson dont nous connaissons la présence là-bas, et qui a été torturé à son arrivée. Il n'a pas quitté le chantier. Sans doute tient-il à être sur place pour s'interposer éventuellement entre ses hommes et les Japonais; car il a dû y avoir obligatoirement des incidents... Si vous aviez vu l'allure de ces sentinelles, sir! Des singes déguisés. Une façon de traîner les pieds et de se dandiner qui n'a rien d'humain... Le colonel Nicholson conserve, lui, une étonnante dignité... Un chef, à ce qu'il m'a paru, sir.

— Il faut certainement une autorité peu commune et des qualités rares pour maintenir le moral dans de pareilles conditions, dit Shears. Je lui tire mon chapeau, moi aussi. »

Il avait eu d'autres sujets d'étonnement au cours de la journée. Il poursuivit son récit, visiblement désireux de faire partager aux autres sa surprise et son admiration.

« A un moment, un prisonnier d'une équipe éloignée a traversé le pont pour venir parler au colonel. Il s'est mis au garde-à-vous à six pas, sir, dans son étrange costume. Ce n'était pas ridicule. Un Japonais s'est approché en hurlant et en faisant des moulinets avec son fusil. L'homme avait certainement quitté son groupe sans permission. Le colonel Nicholson a regardé le garde d'un certain air, sir. Je n'ai rien perdu de la scène. Celui-ci n'a pas insisté et s'est éloigné. Incroyable! Bien mieux; un peu avant le soir, un colonel japonais est venu sur le pont; Saïto, probablement, qui nous a été signalé comme une brute redoutable. Eh bien je ne mens pas, sir, il s'est approché du colonel Nicholson avec une attitude déférente... parfaitement, déférente. Certains détails ne peuvent pas tromper. Le colonel Nicholson a salué le premier, mais l'autre a répondu précipitamment... et presque timidement; je regardais bien! Puis ils se sont promenés l'un à côté de l'autre. Le Japonais avait l'air d'un subalterne à qui on donne des ordres. Cela m'a réjoui le cœur de voir cela, sir.

— Je ne peux pas dire que j'en suis fâché, moi non plus, marmotta Shears.

— A la santé du colonel Nicholson! dit brusquement Warden, en levant son verre.

— A sa santé, vous avez raison, Warden, et à celle des cinq ou six cents malheureux qui vivent dans cet enfer à cause de ce sacré pont!

— Dommage, tout de même, qu'il ne puisse nous aider.

— Dommage, peut-être, mais vous connaissez nos principes, Warden, nous devons agir seuls... Mais reparlons un peu du pont. »

Ils reparlèrent du pont toute la soirée et étudièrent fiévreusement les croquis de Joyce, lui demandant à chaque instant de préciser quelque détail, ce qu'il faisait sans hésitation. Il aurait pu dessiner de mémoire chaque pièce de l'ouvrage et décrire chaque remous de la rivière. Ils commencèrent à discuter le plan qu'il avait conçu, faisant une liste de toutes les opérations nécessaires, détaillant chacune, s'acharnant à deviner tous les accidents imprévisibles qui peuvent surgir à la dernière minute. Puis, Warden s'absenta pour aller prendre des messages au poste installé dans une pièce voisine. Joyce hésita un moment.

« Sir, dit-il enfin, c'est moi le meilleur nageur de nous trois et je connais maintenant le terrain...

— Nous verrons cela plus tard », coupa Number one.

Joyce était à la limite de ses forces, Shears s'en aperçut en le voyant tituber pour gagner son lit. Après la troisième journée passée à épier, à plat ventre dans les buissons, il avait pris dans la nuit le chemin du retour et était revenu au cantonnement d'une seule traite, s'arrêtant à peine pour manger. Les Thaïs eux-mêmes avaient difficilement pu soutenir le train qu'il leur avait imposé. Ils étaient maintenant occupés à raconter avec admiration comment le jeune blanc avait réussi à les fatiguer.

« Il faut vous reposer, répéta Number one. Il ne sert à rien de se tuer à l'avance. Nous aurons encore besoin de toutes vos forces. Pourquoi êtes-vous revenu si vite?

— Le pont sera probablement terminé dans moins d'un mois, sir. »

Joyce s'endormit tout d'un coup, sans même s'être débarrassé du fard qui le rendait méconnaissable. Shears haussa les épaules et n'essaya pas de le réveiller. Il resta seul, réfléchissant profondément à la distribution des rôles pour la scène à jouer dans la vallée de la rivière Kwaï. Il n'avait pas encore pris de décision lorsque Warden revint en lui tendant plusieurs messages qu'il venait de déchiffrer.

« Il semble que la date approche, Shears. Renseignements du centre : le railway est presque partout achevé. L'inauguration doit avoir lieu dans cinq ou six semaines. Un premier train bourré de troupes et de généraux. Une petite fête... Un stock important de munitions, aussi. Cela ne se présente pas mal. Le centre approuve toutes vos initiatives et vous laisse entière liberté. L'aviation n'interviendra pas. Nous serons tenus au courant jour par jour... L'enfant dort?

— Ne le réveillez pas. Il mérite un peu de repos. Il s'est rudement bien débrouillé... Warden, à votre avis, croyez-vous que l'on puisse compter sur lui en « toute » circonstance? »

Warden réfléchit avant de répondre.

« L'impression est bonne. On ne peut rien affirmer « avant », vous le savez aussi bien que moi. Je vois bien ce que vous voulez dire. Il s'agit de savoir s'il est capable de prendre une décision grave en quelques secondes, même moins, et se forcer à l'exécuter... Pourquoi me demandez-vous cela ?

— Il a dit : « C'est moi le meilleur nageur de « nous trois. » Et il ne s'est pas vanté. C'est vrai.

— Quand je me suis enrôlé dans la Force 316, bougonna Warden, je ne savais pas qu'il était nécessaire d'être champion de natation pour jouer les premiers rôles. Je m'entraînerai pendant les prochaines vacances.

— Il y a aussi une raison psychologique. Si je ne le laisse pas faire, il n'aura plus confiance en lui et, pendant longtemps, ne sera plus bon à rien. On n'est jamais sûr « avant », comme vous dites... pas même lui... et il se consume en attendant la révélation... L'essentiel, évidemment, est qu'il ait autant de chances de réussite que nous. Je le crois... et davantage de s'en tirer. Nous déciderons dans quelques jours. Je veux voir comment il sera demain. Il ne faut pas lui reparler du pont pendant un certain temps... Je n'aime pas tellement le voir s'attendrir sur les malheurs des prisonniers. Oh! vous me direz... je sais bien. Le sentiment est une chose et l'action en est une autre. Il a tout de même tendance à se monter un peu la tête... à tout voir en imagination. Vous me comprenez?... Il réfléchit un peu trop.

— On ne peut pas établir de règle générale pour ce genre de travail, dit le sage Warden. Parfois, l'imagination, et même la réflexion, donnent de bons résultats. Pas toujours. »

IV

L'ÉTAT de santé des prisonniers inquiétait aussi le colonel Nicholson et il était venu à l'hôpital pour en discuter avec le médecin.

« Cela ne peut pas durer ainsi, Clipton, dit-il sur un ton sérieux, presque sévère. Il est évident qu'un homme gravement malade ne peut pas travailler, mais il y a tout de même une limite. Vous avez maintenant mis au repos la moitié de mes effectifs! Comment voulez-vous que nous finissions le pont dans un mois? Il est bien avancé, je le sais, mais il y a encore beaucoup d'ouvrage, et avec ces équipes réduites, nous piétinons. Ceux qui restent sur le chantier ne sont déjà pas si vaillants.

— Regardez-les, sir, dit Clipton, qui, à l'ouïe de ce langage, était obligé de se raisonner pour conserver son flegme habituel et l'attitude respectueuse exigée par le colonel de tous ses subordonnés, quels que fussent leur grade ou leurs fonctions. Si je n'écoutais que ma conscience professionnelle ou la simple humanité, ce n'est pas la moitié, c'est la totalité de vos effectifs que je déclarerais incapables de tout effort; surtout pour un travail comme celui-là! »

Pendant les premiers mois, la construction avait été poursuivie à un rythme accéléré, sans autre anicroche que les incidents causés par quelques sautes d'humeur de Saïto. Celui-ci se persuadait parfois qu'il devait reconquérir son autorité et puisait dans l'alcool le courage de surmonter ses complexes en se montrant cruel. Mais ces accès étaient devenus de plus en plus rares, tant il était évident que les manifestations violentes étaient préjudiciables à l'exécution du pont. Celle-ci avait été pendant bien longtemps en avance sur l'horaire fixé par le commandant Hughes et le capitaine Reeves, à la suite d'une collaboration efficace, quoique non exempte de frictions. Puis, le climat, la nature des efforts exigés, le régime alimentaire et les conditions d'existence avaient influé lourdement sur la santé des hommes.

L'état physique devenait inquiétant. Privés de viande, sauf lorsque les indigènes du village voisin venaient vendre quelque vache rachitique, privés de beurre, privés de pain, les prisonniers, dont le repas se composait parfois uniquement de riz, avaient peu à peu été réduits à cette condition squelettique qui avait bouleversé Joyce. Le travail de forçat, consistant à tirer toute la journée sur une corde pour hisser une lourde masse qui rebondit interminablement avec un fracas obsédant, était devenu une véritable torture pour les hommes de cette équipe. D'autres étaient à peine mieux partagés, en particulier ceux qui restaient pendant des heures sur un échafaudage, à moitié dans l'eau, pour maintenir les piliers, pendant que le mouton tombait et retombait en les assourdissant.

Le moral était encore relativement bon, grâce à l'entrain de chefs comme le lieutenant Harper. Celui-ci, magnifique d'allant et d'énergie, prodiguait toute la journée de vigoureux encouragements sur un ton jovial, n'hésitant pas à payer de sa personne et à mettre la main à la pâte, lui officier, en tirant sur la corde de toutes ses forces pour soulager les plus faibles. Le sens de l'humour était même encore cultivé en quelques occasions, par exemple lorsque le capitaine Reeves s'amenait avec son plan, sa règle graduée, son niveau et d'autres instruments qu'il avait fabriqués lui-même, et se glissait au ras de l'eau sur un échafaudage branlant, pour prendre des mesures, suivi par le petit ingénieur japonais, qui ne le quittait plus, imitait tous ses gestes et notait gravement des chiffres dans son carnet.

Comme l'attitude des officiers était directement inspirée par celle du colonel, c'était en somme celui-ci qui tenait entre ses mains puissantes le destin du pont. Il le savait. Il en ressentait le légitime orgueil du chef qui aime et recherche les responsabilités, mais aussi, à un degré égal, tout le poids des soucis attachés à cet honneur et à cette charge.

Le nombre croissant des malades figurait au premier plan de ces soucis. Il voyait littéralement fondre ses compagnies sous ses yeux. Lentement, jour par jour, heure par heure, un peu de la sub stance vivante de chaque prisonnier se séparait de l'organisme humain pour se dissoudre dans l'univers matériel. Cet univers de terre, de végétation monstrueuse, d'eau et d'atmosphère humide constellée de moustiques n'était pas manifestement affecté par cet enrichissement. C'était, au point de vue arithmétique, un échange rigoureux de molécules, mais dont la perte, douloureusement sensible, se mesurant par cinq cents fois des dizaines de kilogrammes, ne se traduisait par aucun gain apparent.

Clipton redoutait une épidémie sérieuse, comme le choléra, qui avait été signalé dans d'autres camps. Ce fléau avait été évité jusque-là, grâce à une discipline rigoureuse, mais les cas de malaria, de dysenterie et de béri-béri ne se comptaient plus. Chaque jour, il jugeait indispensable de déclarer indisponibles un plus grand nombre d'hommes et de leur prescrire le repos. A l'hôpital, il réussissait à fournir un régime presque convenable à ceux qui pouvaient manger, grâce aux quelques colis de la Croix Rouge qui échappaient au pillage des Japonais et qui étaient réservés aux malades. Pardessus tout, une simple détente était un baume pour certains prisonniers dont le « mouton » finissait par ébranler le système nerveux, après avoir brisé les muscles, leur causant des hallucinations et les faisant vivre dans un perpétuel cauchemar.

Le colonel Nicholson, qui aimait ses hommes, avait d'abord apporté à Clipton tout le poids de son autorité pour justifier ces repos aux yeux des Japonais. Il avait calmé à l'avance les éventuelles protestations de Saïto, en exigeant des hommes valides un supplément d'efforts.

Mais, depuis déjà longtemps, il trouvait que Clipton exagérait. Il le soupçonnait visiblement d'outrepasser ses droits de médecin et de se laisser aller, par faiblesse, à déclarer malades des prisonniers qui eussent pu rendre des services. Un mois avant la date fixée pour l'achèvement des travaux, ce n'était certes pas le moment de se relâcher. Il était venu ce matin à l'hôpital pour voir par lui-même, s'expliquer à fond avec Clipton et remettre éventuellement le médecin dans le droit chemin, avec fermeté, mais aussi avec le tact qu'il convenait tout de même d'observer vis-à-vis d'un commandant spécialiste, sur un sujet délicat.

« Voyons, celui-là, par exemple, dit-il en s'arrêtant et en s'adressant à un malade. Qu'est-ce qui ne va pas, mon garçon? »

Il se promenait entre deux rangées de prisonniers qui reposaient sur des lits en bambou, les uns grelottant de fièvre, les autres inertes, sous de misérables couvertures d'où sortaient des faces cadavériques. Clipton s'interposa vivement sur un ton assez tranchant.

« Quarante de fièvre, cette nuit, sir. Malaria.

— Bien, bien, dit le colonel en continuant sa marche. Et celui-là?

— Ulcères tropicaux. Je lui ai creusé la jambe, hier... avec un couteau; je n'ai pas d'autre instrument. J'ai fait un trou assez gros pour y enfoncer une balle de golf, sir.

— C'est donc cela; j'ai entendu crier hier soir, marmotta le colonel Nicholson.

— C'était cela. Il a fallu quatre de ses camarades pour le tenir. J'espère sauver la jambe... mais je n'en suis pas sûr, ajouta-t-il à voix basse. Vous voudriez vraiment que je l'envoie sur le pont, sir?

— Ne dites pas de bêtises, Clipton. Naturellement, je n'insiste pas. Du moment que c'est votre avis... Comprenez-moi bien. Il ne s'agit pas de faire travailler des malades ou des blessés graves. Seulement, il faut que nous soyons tous persuadés de ceci : nous avons un ouvrage à terminer dans un délai d'un mois. Il demande des efforts pénibles; je le sais, mais je n'y peux rien. Par conséquent, chaque fois que vous m'enlevez un homme du chantier, il en résulte une tâche un peu plus dure pour les autres. Vous devez avoir cela présent à l'esprit à chaque instant, saisissez-vous? Même si l'un d'eux n'est pas au mieux de sa forme physique, il peut tout de même se rendre utile en aidant à des travaux faciles, un assemblage délicat par exemple, ou un peu de fignolage... le polissage que Hughes va commencer bientôt, hein?

— Je suppose que vous allez le faire peindre, sir?

— Il n'y faut pas songer, Clipton, dit le colonel avec véhémence. Nous ne pourrions appliquer qu'une peinture à la chaux. Et quelle belle cible pour l'aviation! Vous oubliez que nous sommes en guerre.

— C'est vrai, sir. Nous sommes en guerre.

— Non; pas de luxe. Je m'y suis opposé, il suffit

que l'ouvrage soit propre, bien fini... Je suis donc venu pour vous dire cela, Clipton. Il faut faire comprendre aux hommes qu'il y a là une question de solidarité... Celui-là, par exemple?

— Une mauvaise blessure au bras qu'il a contracté en soulevant les poutres de votre sacré bon dieu de foutu pont, sir, éclata Clipton. J'en ai une vingtaine comme lui. Naturellement, avec leur état général, les plaies ne se cicatrisent pas et s'infectent. Je n'ai rien pour les soigner convenablement.

— Je me demande, dit le colonel Nicholson, têtu, suivant son idée et fermant les yeux sur l'incorrection de ce langage, je me demande si, dans un cas pareil, le grand air et une occupation raisonnable ne favoriseraient pas leur rétablissement mieux que l'immobilité et la claustration dans votre cabane. Hein, Clipton, qu'en pensez-vous? Après tout, chez nous, on n'hospitalise pas un homme pour une écorchure au bras. Je crois que si vous réfléchissez bien, vous finirez par être de mon avis.

— Chez nous, sir... Chez nous... chez nous! »

Il leva les bras au ciel dans un geste d'impuissance et de désespoir. Le colonel l'entraîna loin des malades dans la petite pièce qui servait d'infirmerie et continua à plaider sa cause, faisant appel à toutes les raisons que peut invoquer le chef dans un cas semblable, lorsqu'il veut persuader plutôt que commander. Finalement, comme Clipton paraissait mal convaincu, il assena son argument le plus puissant : s'il persistait dans cette voie, les

Japonais se chargeraient, eux, de vider l'hôpital, et ils le feraient sans discrimination.

« Saïto m'a menacé de prendre des mesures draconiennes », dit-il.

C'était un pieux mensonge. Saïto, à cette époque, avait renoncé à la violence, ayant fini par comprendre qu'elle ne le mènerait à rien, et fort satisfait, dans le fond, de voir construire sous sa direction officielle le plus bel ouvrage de la voie. Le colonel Nicholson s'autorisait cette déformation de la vérité, quoiqu'elle peinât sa conscience. Il ne pouvait pas se permettre de négliger un seul des facteurs favorisant l'achèvement du pont, ce pont incarnant l'esprit indomptable qui ne s'avoue jamais abattu, qui a toujours un sursaut pour prouver par des actes l'invulnérable dignité de sa condition; ce pont auquel il ne manquait plus que quelques dizaines de pieds pour barrer d'un trait continu la vallée de la rivière Kwaï.

Devant cette menace, Clipton maudit son colonel, mais se résigna. Il renvoya de son hôpital à peu près un quart des malades, malgré les terribles scrupules qui l'assaillaient chaque fois qu'il devait faire un choix. Il restitua ainsi au chantier une foule d'éclopés, de blessés légers et de fiévreux que la malaria habitait en permanence, mais qui pouvaient marcher.

Ils ne protestèrent pas. La foi du colonel était de celles qui renversent les montagnes, édifient des pyramides, des cathédrales ou des ponts, et font travailler les mourants avec un sourire. Ils furent convaincus par l'appel fait à leur sentiment de solidarité. Ils reprirent sans murmurer le chemin de la rivière. Des malheureux, dont le bras était immobilisé par un pansement informe et sale, attrapèrent la corde du mouton avec leur seule main valide, et tirèrent en cadence avec ce qui leur restait d'âme et de forces, pesant de tout leur poids réduit, ajoutant le sacrifice de ce douloureux effort à la somme de souffrances qui amenaient peu à peu à sa perfection le pont de la rivière Kwaï.

Sous cette nouvelle impulsion, le pont fut bien vite achevé. Il ne resta plus bientôt à faire qu'un peu de « fignolage », selon le mot du colonel, de façon que l'œuvre présentât cette apparence de « fini », à laquelle l'œil exercé reconnaît du premier coup, dans toutes les parties du monde, la maîtrise européenne et le souci anglo-saxon du confortable.

QUATRIÈME PARTIE

LE GRAND COUP

I

QUELQUES semaines après l'expédition de Joyce, Warden suivit le même itinéraire que l'aspirant et arriva lui aussi à l'observatoire, après une ascension épuisante. Il s'aplatit au milieu des fougères et contempla à son tour, en dessous de lui, le pont de la rivière Kwaï.

Warden était le contraire d'un romantique. Il ne lui accorda tout d'abord qu'un coup d'œil rapide, juste le temps de reconnaître avec satisfaction l'ouvrage dessiné par Joyce et de vérifier qu'il était achevé. Quatre partisans l'accompagnaient. Il leur dit qu'il n'avait pas besoin d'eux pour l'instant. Ils prirent leur position favorite, allumèrent la pipe à eau, et le regardèrent placidement s'affairer.

Il installa d'abord le poste radio et entra en contact avec plusieurs stations. L'une d'elles, précieuse en pays occupé, lui donnait directement chaque jour des indications sur le départ proche du long convoi qui devait inaugurer le railway de

Birmanie et de Thaïlande. Les messages reçus le rassurèrent. Il n'y avait pas de contrordre.

Il prépara alors aussi confortablement qu'il le put son sac de couchage et sa moustiquaire, rangea soigneusement quelques objets de toilette puis disposa de la même façon les affaires de Shears, qui devait le rejoindre sur ce sommet. Warden était prévoyant, plus âgé que Joyce, plus rassis. Il avait plus d'expérience. Il connaissait la jungle pour y avoir fait autrefois quelques expéditions durant ses vacances de professeur. Il savait le prix qu'un Européen y attache parfois à une brosse à dents et combien de jours supplémentaires une installation convenable et une tasse de café chaud prise au réveil permettent d'y tenir. S'ils étaient serrés de près après le coup, ils devraient abandonner ces ustensiles de civilisés. Cela n'aurait plus d'importance. Ceux-ci auraient contribué à les maintenir au meilleur de leur forme jusqu'au moment de l'action. Satisfait de son aménagement, il mangea, dormit pendant trois heures, puis se replaça à l'observatoire, en réfléchissant aux meilleurs moyens de remplir sa mission.

Suivant le plan ébauché par Joyce, cent fois retouché, finalement établi par le trio et dont Number one avait un jour décidé l'exécution, le groupe de la Force 316 s'était séparé. Shears, Joyce et deux volontaires thaïs accompagnés de quelques porteurs s'étaient dirigés en caravane vers un point de la rivière situé bien en amont du pont, car l'embarquement des explosifs ne devait pas s'effectuer près du camp. Ils étaient même allés assez loin.

en suivant un itinéraire compliqué, pour éviter quelques hameaux indigènes. Les quatre hommes se laisseraient descendre de nuit vers le pont et prépareraient le dispositif. Ce serait une erreur grossière de croire que le sabotage d'un pont est une opération simple. Joyce resterait caché sur la rive ennemie, attendant le train. Shears rejoindrait Warden et tous deux s'occuperaient de protéger la retraite.

Warden devait s'installer à l'observatoire, garder le contact par radio, épier les mouvements autour du pont et rechercher des emplacements d'où il serait possible de couvrir le repli de Joyce. Sa mission n'était pas strictement limitée. Number one lui avait laissé une certaine initiative. Il agirait au mieux, suivant les circonstances.

« Si vous voyez la possibilité de quelque action secondaire sans risque d'être découvert, bien entendu, je ne vous l'interdis pas, avait dit Shears. Les principes de la Force 316 sont toujours les mêmes. Mais rappelez-vous que le pont est l'objectif numéro un et que dans aucun cas vous ne devez compromettre les chances de succès sur ce point. Je compte sur vous pour être à la fois raisonnable et actif. »

Il savait qu'il pouvait compter sur Warden pour être à la fois actif et raisonnable. Quand il en avait le temps, Warden pesait méthodiquement les conséquences de tous ses gestes.

Après un premier tour d'horizon, Warden décide de placer sur ce sommet même les deux petits mortiers dont il dispose, une artillerie de poche, et de maintenir à ce poste deux partisans thaïs, au moment du grand coup, afin d'arroser les débris du train, les troupes qui essaieraient de s'échapper après l'explosion et les soldats qui se précipiteraient à leur secours.

Ceci entrait parfaitement dans le cadre que lui avait implicitement tracé son chef lorsqu'il avait évoqué les principes immuables de la Force 316. Ces principes pouvaient se résumer ainsi : « Ne jamais considérer une opération comme complètement terminée; ne jamais s'estimer satisfait, tant qu'il reste encore une possibilité de causer un ennui, si minime soit-il, à l'ennemi. » (Le « fini » anglo-saxon était recherché dans ce domaine, comme dans beaucoup d'autres.) Or, ici, il était évident qu'une pluie de petits obus tombant du ciel sur les rescapés serait bien propre à démoraliser complètement l'ennemi. La position surplombante de l'observatoire était presque miraculeuse à ce point de vue. Warden voyait en même temps un autre avantage important à ce prolongement de l'action : il détournerait l'attention des Japonais et servirait ainsi indirectement à couvrir la retraite de Joyce.

Warden rampe longtemps parmi les fougères et les rhododendrons sauvages, avant de trouver des emplacements qui le satisfassent entièrement. Quand il les a découverts, il appelle les Thaïs, en désigne deux, et leur explique clairement ce qu'ils auront à faire, le moment venu. Ceux-ci comprennent vite et paraissent apprécier son idée.

Il est à peu près quatre heures de l'après-midi

quand Warden a terminé ces préparatifs. Il commence alors à méditer au sujet des dispositions suivantes, quand il entend une musique monter de la vallée. Il reprend son observation, épiant à la jumelle les mouvements des amis et des ennemis. Le pont est désert, mais une agitation bizarre règne dans le camp, sur l'autre rive. Warden comprend très vite que, pour célébrer l'heureux achèvement de l'ouvrage, les prisonniers sont autorisés, contraints peut-être, à donner une fête. Un message, reçu quelques jours auparavant, laisse prévoir ces réjouissances, décrétées par la bonté de Sa Majesté impériale.

La musique est émise par un instrument grossier, certainement fabriqué localement par des moyens de fortune, mais la main qui gratte les cordes est européenne. Warden connaît assez les rythmes barbares des Japonais pour ne pas s'y tromper. D'ailleurs, des échos de chansons lui parviennent bientôt. Une voix affaiblie par les privations, mais dont l'accent ne peut tromper, chante de vieux airs écossais. Un refrain connu monte de la vallée, répété par un chœur. Ce concert pathétique, écouté dans la solitude de l'observatoire, éprouve douloureusement l'esprit de Warden. Il s'efforce de chasser les idées mélancoliques et y réussit en se concentrant sur les nécessités de sa mission. Les événements ne l'intéressent plus que par leur relation avec la mise au point du grand coup.

Un peu avant le coucher du soleil, il a l'impression qu'un banquet se prépare. Des prisonniers s'agitent près des cuisines. Un tumulte est observable du côté des baraques japonaises, où plusieurs soldats se pressent en criant et en riant. A l'entrée du camp, des sentinelles tournent vers eux des yeux gourmands. Il est évident que les Nippons se préparent eux aussi à célébrer la fin des travaux.

L'esprit de Warden travaille rapidement. Sa qualité d'homme pondéré ne l'empêche pas de bondir sur l'occasion quand elle se présente. Il prend ses dispositions pour agir cette nuit même, suivant un plan rapidement établi, et que d'ailleurs il a déjà considéré bien avant son arrivée à l'observatoire. Dans un coin de brousse isolé comme celui-ci, avec un chef alcoolique comme Saïto, et des soldats soumis à un régime presque aussi dur que celui des prisonniers, il estime, avec sa profonde connaissance des hommes, que tous les Japonais seront ivres morts avant le milieu de la nuit. C'est là une circonstance singulièrement propice pour intervenir avec le minimum de risques, comme l'a recommandé Number one, et préparer quelques-uns de ces pièges secondaires, assaisonnement piquant du coup principal, dont tous les membres de la Force 316 sont friands. Warden pèse ses chances, juge qu'il serait coupable en ne mettant pas à profit cette miraculeuse coïncidence, décide de descendre vers la rivière et commence à préparer un matériel léger... Et puis, en dépit de sa sagesse, ne faut-il pas qu'il s'approche lui aussi, au moins une fois, de ce pont?

Il arrive au bas de la montagne un peu avant minuit. La fête s'est déroulée suivant ses prévisions. Il en a suivi les étapes à l'intensité du brouhaha qui parvenait jusqu'à lui pendant sa marche silencieuse : des hurlements barbares, comme une parodie des chœurs britanniques, depuis longtemps éteints. Maintenant, tout s'est tu. Il écoute une dernière fois, caché avec deux partisans qui l'ont accompagnés derrière le rideau d'arbres, non loin de la voie ferrée, qui longe la rivière après avoir traversé le pont, comme l'a expliqué Joyce. Warden fait un signe aux Thaïs. Chargés de leur matériel, les trois hommes se dirigent avec précaution vers la voie.

Warden est convaincu qu'il peut opérer en parfaite sécurité. Il n'y a aucune présence ennemie sur cette rive. Les Japonais ont joui d'une si parfaite tranquillité dans ce coin isolé qu'ils ont perdu toute méfiance. A l'heure présente, tous les soldats, et même tous les officiers, doivent être vautrés, inconscients. Warden place tout de même un des Thaïs en sentinelle et commence à travailler méthodiquement, aidé par l'autre.

Son projet est simple, classique. C'est la première opération enseignée aux élèves dans l'école spéciale de la « Plastic & Destructions Co Ltd. », à Calcutta. Il est facile de dégager les cailloux qui forment le ballast d'une voie ferrée, de part et d'autre et en dessous d'un rail, de façon à creuser une petite excavation, puis d'y insérer, collée contre la face inférieure de ce rail, une charge de « plastic ». Telle est la vertu de cette composition chimique qu'une charge de un kilogramme à peine, convenablement placée, est suffisante. L'énergie emmagasinée dans cette petite masse est brusquement libérée par l'influence du détonateur, sous forme de gaz dont la vitesse atteint plusieurs milliers de mètres à la seconde. L'acier le plus solide ne résiste pas et est pulvérisé par cette expansion subite.

Un détonateur est donc fixé dans le plastic. (Il est aussi facile de l'y enfoncer que de planter un couteau dans une motte de beurre.) Un cordon, dit « instantané », le relie à un petit engin merveilleusement simple, caché lui aussi dans un trou creusé sous le rail. Cet instrument se compose principalement de deux lames, maintenues écartées par un fort ressort, et entre lesquelles est insérée une amorce. L'une des lames est placée en contact avec le métal; l'autre est calée solidement par une pierre. Le cordon détonant est lui-même enterré. Une équipe de deux experts peut installer le dispositif en une demi-heure. Si le travail est fait avec soin, le piège est invisible.

Lorsque la roue d'une locomotive passe au-dessus de l'appareil, la lame supérieure est écrasée sur la deuxième. L'amorce enflammée fait fonctionner le détonateur par l'intermédiaire du cordon. Le plastic explose. Une section d'acier est réduite en poudre. Le train déraille. Avec un peu de chance, et une charge un peu plus forte, la locomotive peut être renversée. Un avantage de ce système, c'est qu'il est déclenché par le train lui-même, l'agent qui l'a installé pouvant se trouver à des kilomètres de là. Un autre, c'est qu'il ne peut pas fonctionner intempestivement sous le pied d'un animal. Un poids très lourd, comme celui d'une locomotive ou d'un wagon est nécessaire.

Warden le sage, Warden le calculateur raisonne ainsi : le premier train viendra de Bangkok par la rive droite, donc, en principe, sautera avec le pont et s'écroulera dans la rivière. C'est l'objectif numéro un. Ensuite, la voie est coupée; la circulation. interrompue. Les Japonais s'acharnent à réparer les dégâts. Ils veulent le faire le plus vite possible pour rétablir le trafic et venger cet attentat qui est aussi un rude coup porté à leur prestige dans le pays. Ils amènent des équipes innombrables. Ils travaillent sans repos. Ils peinent pendant des jours, des semaines, des mois peut-être. Lorsque la voie est enfin déblayée, le pont reconstruit, un nouveau convoi passe. Le pont résiste cette fois mais, un peu après... le deuxième train saute. Il y a là un effet psychologique certain de démoralisation, outre les dommages matériels. Warden place une charge un peu plus forte qu'il ne serait rigoureusement nécessaire et la dispose de façon à provoquer le déraillement du côté de la rivière. Si les dieux sont favorables, il se peut que la locomotive et une partie des wagons culbutent dans l'eau.

Warden a rapidement terminé cette première partie de son programme. Il est rompu à ce genre de besogne, s'étant longuement entraîné à déplacer sans bruit les cailloux, à modeler le plastic et à fixer le mécanisme. Il opère presque machinalement et constate avec plaisir que le partisan thaï, un débutant, lui apporte une aide efficace. Son instruction a été bien faite. Warden, le professeur, s'en réjouit. Il a encore pas mal de temps devant lui avant l'aurore. Il a apporté avec lui un deuxième appareil du même genre, mais un peu différent. Il n'hésite pas à aller l'installer à quelques centaines de mètres plus loin, dans la direction opposée à celle du pont. Ce serait un crime de ne pas profiter d'une telle nuit.

Warden, le prévoyant, a de nouveau réfléchi. Après deux attentats dans le même secteur, l'ennemi est en général sur ses gardes et procède à une inspection méthodique de la ligne. Mais on ne sait jamais. Parfois, il répugne au contraire à imaginer l'éventualité d'un troisième forfait, justement parce qu'il y en a déjà eu deux. D'ailleurs, si le piège est bien camouflé, il peut échapper à l'examen le plus attentif; à moins que les enquêteurs se résignent à déplacer tous les cailloux du ballast. Warden pose son deuxième engin, qui diffère du premier en ce sens qu'il est muni d'un dispositif pour varier les effets et créer une surprise d'un ordre nouveau. L'accessoire consiste en une sorte de relais. Le premier train ne déclenche pas l'explosion, mais amorce seulement ce relais. Le détonateur et le plastic ne sont affectés, eux, que par le passage du « deuxième » convoi. L'idée du technicien, attaché à la Force 316, qui a mis au point ce système délicat, est claire et l'esprit rationnel de Warden l'apprécie. Souvent, après une série d'accidents, la ligne réparée, l'ennemi fait précéder un convoi important par un ou deux vieux wagons chargés de pierres, traînés par une locomotive sans valeur.

Rien ne se produit au-dessus du sol à ce premier passage. Alors, l'ennemi est certain qu'il a conjuré le mauvais sort. Plein de confiance, il lance sans précautions le véritable train... et voyez! le véritable train saute à son tour!

« Ne jamais considérer une opération comme terminée tant qu'on a pas causé le plus d'ennuis possibles à l'adversaire » est le leitmotiv de la « Plastic & Destructions Co Ltd. » « Ingéniez-vous toujours à multiplier les surprises désagréables, à inventer des nouveaux pièges qui sèment la confusion chez cet adversaire, au moment où il croit enfin avoir la paix », répètent sans cesse les chefs de l'entreprise. Warden a fait siennes ces doctrines. Quand il a tendu son deuxième traquenard et effacé toutes les traces, il fait de nouveau travailler son esprit, considérant l'opportunité de jouer encore quelque bon tour.

Il a apporté, à tout hasard, d'autres artifices. L'un d'eux, dont il possède plusieurs exemplaires, consiste en une sorte de cartouche encastrée dans une planchette mobile, pouvant pivoter autour d'un axe et se rabattre sur une deuxième planchette, fixe, dans laquelle est fixé un clou. Ces engins sont destinés aux piétons. Ils sont recouverts d'une légère couche de terre. On ne peut imaginer de fonctionnement plus simple. Le poids d'un homme amène l'amorce de la cartouche en contact avec le clou. La balle part, traverse le pied du promeneur, ou, dans les cas les plus favorables, le frappe au front, s'il marche la tête inclinée. A

Calcutta, les instructeurs de l'école spéciale recommandent de disséminer un grand nombre de ces engins dans le voisinage d'une voie ferrée « préparée ». Après l'explosion, quand les survivants (il y en a toujours) courent affolés dans toutes les directions, les pièges se déclenchent au hasard de leur émoi, augmentant la panique.

Warden voudrait bien se débarrasser judicieusement de tout le lot, mais la prudence et la raison lui conseillent de renoncer à ces dernières épices. Il y a un risque de découverte, et l'objectif numéro un est trop important pour qu'il se permette de le courir. Qu'un promeneur tombe dans un de ces pièges et l'attention des Japonais sera immédiatement attirée sur un possible sabotage.

L'aube est proche. Warden, le pondéré, se résigne avec un soupir à s'arrêter là et à regagner l'observatoire. Il est tout de même satisfait de laisser derrière lui un terrain assez bien préparé, assaisonné de condiments propres à pimenter le grand coup.

II

Un des partisans fit un geste brusque. Il avait entendu un craquement anormal dans la forêt de fougères géantes qui couvrait le sommet de la montagne. Les quatre Thaïs observèrent pendant quelques instants une immobilité absolue. Warden avait saisi sa mitraillette et se tenait prêt à toute éventualité. Trois légers sifflements furent entendus, un peu en dessous d'eux. Un des Thaïs répondit, puis agita le bras en se tournant vers Warden. « Number one », dit-il.

Bientôt, Shears, accompagné de deux indigènes, rejoignit le groupe de l'observatoire.

« Avez-vous les derniers renseignements? demanda-t-il anxieusement dès qu'il aperçut Warden.

— Tout va bien. Rien de changé. Je suis ici depuis trois jours. C'est pour demain. Le train quittera Bangkok dans la nuit et arrivera vers dix heures du matin. Et de votre côté?

— Tout est prêt », dit Shears, en se laissant tomber sur le sol avec un soupir de soulagement.

Il avait eu une peur affreuse que les plans des Japonais eussent été modifiés au dernier moment. Warden, lui, vivait dans l'angoisse depuis la veille. Il savait que le coup devait être préparé dans la nuit, et avait passé des heures à épier en aveugle les faibles bruits qui montaient de la rivière Kwaï, songeant à ses compagnons qui travaillaient dans l'eau, juste en dessous de lui, évaluant interminablement les chances de réussite, imaginant les différentes étapes de l'opération, et tentant de prévoir les aléas qui pouvaient s'opposer au succès. Il n'avait rien entendu de suspect. Suivant son programme, Shears devait le rejoindre au petit jour. Il était plus de dix heures.

« Je suis content de vous voir enfin. Je vous attendais avec impatience.

— Cela nous a pris toute la nuit. »

Warden le regarda mieux et s'aperçut qu'il était exténué. Ses vêtements encore humides fumaient au soleil. Ses traits tirés, ses yeux profondément cernés par la fatigue, sa barbe de plusieurs jours lui donnaient un aspect inhumain. Il lui tendit un gobelet d'alcool et remarqua qu'il le saisissait maladroitement. Ses mains étaient couvertes de plaies et de crevasses. La peau, d'une teinte blafarde, était plissée, et des lanières en étaient arrachées. Il éprouvait de la difficulté à remuer les doigts. Warden lui passa un short et une chemise sèche, préparés pour lui, et attendit.

« Vous êtes bien sûr qu'il n'y a rien de prévu pour aujourd'hui? insista Shears.

— Certain. J'ai eu un message ce matin encore. »

Shears but une gorgée et commença à se frictionner avec précaution.

« Travail pénible, dit-il avec une grimace. Je sentirai toute ma vie le froid de la rivière, je crois. Mais tout s'est bien passé.

— L'enfant? interrogea Warden.

— L'enfant est formidable. Il n'a pas eu une défaillance. Il a peiné plus que moi et n'est pas fatigué. Il est à son poste sur la rive droite. Il a tenu à s'installer cette nuit même et à ne plus bouger jusqu'au passage du train.

— S'il était découvert?

— Il est bien caché. Il y a un risque, mais il était sage de le prendre. Il faut éviter maintenant les allées et venues près du pont. Et puis le train pouvait être avancé. Je suis sûr qu'il ne dormira pas aujourd'hui. Il est jeune et il est fort. Il est dans un fourré où l'on n'a accès que par la rivière, et la berge est haute. On doit distinguer l'endroit d'ici. Il ne voit qu'une chose, par une trouée dans le feuillage : c'est le pont. Il entendra venir le train, d'ailleurs.

— Vous y êtes allé?

— Je l'ai accompagné. Il avait raison. C'est un emplacement idéal. »

Shears s'empara des jumelles et chercha à se repérer dans un décor qu'il ne reconnaissait pas.

« Difficile à préciser, dit-il. C'est tellement différent. Je crois pourtant qu'il est là, à une trentaine de pieds derrière ce gros arbre roux, dont les branches retombent dans l'eau.

— Tout repose sur lui, maintenant.

— Tout repose sur lui, et j'ai confiance.

— Il a son poignard?

— Il a son poignard. Je suis persuadé qu'il pourrait s'en servir.

— On ne sait jamais à l'avance, dit Warden.

— On ne sait jamais, mais je le crois.

— Et après le coup?

— J'ai mis cinq minutes pour traverser la rivière, mais il nage presque deux fois plus vite que moi. Nous protégerons son retour. »

Warden mit Shears au courant des diverses dispositions qu'il avait prises. La veille, il était encore descendu de l'observatoire, avant la nuit cette fois, mais sans pousser jusqu'à la plaine découverte. En rampant, il avait cherché le meilleur emplacement possible pour y installer le fusil mitrailleur que possédait le groupe et des postes pour les partisans qui tireraient au fusil sur les poursuivants éventuels. Toutes les positions avaient été soigneusement marquées. Ce barrage, conjugué avec les obus de mortier, devait constituer une protection convenable pendant quelques minutes.

Number one approuva l'ensemble du dispositif. Puis, comme il était trop fatigué pour pouvoir dormir, il conta à son ami comment s'était effectuée l'opération de la nuit précédente. Warden l'écoutait avidement, un peu consolé par ce récit de ne pas avoir participé aux préparatifs directs. Ils n'avaient plus rien à faire en attendant le lendemain. Comme ils l'avaient dit, le succès dépendait maintenant de Joyce; de Joyce et de l'imprévisible hasard. Ils s'efforçaient de tromper leur impatience, et d'oublier leur inquiétude au sujet de l'acteur principal, qui attendait, tapi dans les buissons, sur la rive ennemie.

Dès que sa décision avait été prise au sujet du coup, Number one avait établi un programme détaillé. Il avait distribué les rôles, afin que chaque équipier pût réfléchir à l'avance et s'entraîner aux gestes nécessaires. De cette façon, le moment venu, tous pourraient conserver leur esprit en éveil pour parer aux événements imprévus.

Il serait enfantin de croire que les ponts puissent sauter sans une préparation sérieuse. D'après les croquis et les indications de Joyce, Warden, comme autrefois le capitaine Reeves, avait fait un plan; un plan de « destruction »; un dessin à grande échelle du pont où tous les piliers étaient numérotés, où chaque charge de plastic était représentée à l'emplacement exact que lui imposait la technique, et où le savant montage de fils électriques et de cordons détonants qui transmettaient la foudre était tracé en rouge. Chacun d'eux avait bientôt eu ce plan gravé dans l'esprit.

Mais cette préparation théorique n'avait pas suffi à Number one. Il avait fait procéder à plusieurs répétitions nocturnes sur un vieux pont abandonné qui traversait un cours d'eau, non loin de leur cantonnement, les charges de plastic étant évidemment remplacées par des sacs de terre. Les hommes qui devaient fixer le dispositif, lui, Joyce et les deux volontaires thaïs s'étaient entraînés à approcher le pont dans l'obscurité, nageant silencieusement, poussant devant eux un léger radeau en bambou fabriqué pour la circonstance, sur lequel le matériel était fixé. Warden servait de juge arbitre. Il s'était montré sévère et avait fait recommencer la manœuvre jusqu'à ce que l'abordage fût parfait. Les quatre hommes s'étaient alors habitués à travailler dans l'eau, sans causer le moindre clapotis, à fixer solidement les charges factices contre les piliers et à les relier par le réseau compliqué des cordons, suivant le plan de destruction. Enfin, Number one s'était déclaré satisfait. Il ne restait plus qu'à préparer le vrai matériel et à mettre au point une foule de détails importants, tels que les emballages étanches pour les éléments qui craignaient l'eau.

La caravane était partie. Par des voies connues d'eux seuls, les guides les avaient amenés en un point de la rivière situé loin en amont du pont, où l'embarquement pourrait avoir lieu en toute sécurité. Plusieurs volontaires indigènes servaient de porteurs.

Le plastic était divisé en charges de cinq kilogrammes. Chacune devait être appliquée contre un pilier. Le plan de destruction prévoyait la pose sur six piliers consécutifs de chaque rangée, soit un total de vingt-quatre charges. Tous les supports seraient donc brisés sur une longueur d'une vingtaine de mètres, ce qui était amplement suffisant pour provoquer la dislocation et l'effondrement sous le poids du train. Shears, prudent, avait pris une dizaine de charges supplémentaires, en prévision d'un accident. Elles pourraient éventuellement être disposées au mieux pour créer quelques ennuis accessoires à l'ennemi. Lui non plus n'oubliait pas les maximes de la Force 316.

Toutes ces quantités n'avaient pas été choisies au hasard. Elles avaient été déterminées après des calculs et de longues discussions, les mesures qu'avait prises Joyce lors de sa reconnaissance servant de base initiale. Une table, que tous trois connaissaient par cœur, donnait la charge nécessaire pour couper net une poutre d'une matière donnée, en fonction de sa forme et de ses dimensions. Dans le cas présent, trois kilogrammes de plastic eussent théoriquement suffi. Avec quatre, la marge de sécurité eût été assez grande pour une opération ordinaire. Number one avait finalement décidé de forcer encore un peu la dose.

Il avait de bonnes raisons pour agir ainsi. Un deuxième principe de la « Plastic & Destructions Co Ltd. » était de toujours majorer les chiffres des techniciens. Après les cours théoriques, le colonel Green, qui dirigeait de très haut l'école de Calcutta, avait coutume, à ce sujet, de prononcer quelques paroles dictées par le bon sens et par sa propre expérience des ouvrages d'art.

« Quand vous avez calculé les poids au moyen des tables, disait-il, et cela toujours très largement, ajoutez encore quelque chose. Ce que vous voulez, pour une opération délicate, c'est une certitude absolue. Si vous avez le moindre doute, il vaut mieux mettre cent livres de plus qu'une livre de moins. Vous auriez l'air malin si, après avoir peiné pendant plusieurs nuits peut-être pour placer votre dispositif, après avoir risqué votre vie et celle de vos hommes, après avoir réussi au prix de mille difficultés, vous auriez l'air malin si, pour avoir voulu économiser un peu de matériel, la destruction n'était qu'imparfaitement réalisée; les poutres, seulement fendues, conservant leur position, ce qui permet une réparation rapide. Je vous parle par expérience. Cela m'est arrivé une fois et je ne connais rien au monde d'aussi démoralisant. »

Shears avait juré que cette catastrophe ne lui arriverait jamais et il appliquait largement le principe. Il ne fallait pas, d'autre part, tomber dans l'excès contraire et s'encombrer d'un matériel inutile, lorsqu'on disposait d'une équipe peu nombreuse.

Le transport par la rivière ne présentait pas de difficulté théorique. Parmi l'abondance de ses qualités, le plastic possède celle d'avoir à peu près la même densité que l'eau. Un nageur peut en remorquer sans peine une assez grande quantité

Ils avaient atteint la rivière Kwaï à l'aube. Les porteurs avaient été congédiés. Les quatre hommes avaient attendu la nuit, cachés dans un fourré.

« Le temps a dû vous paraître long, dit Warden. Vous avez dormi?

— A peine. Nous avons essayé, mais vous savez ce que c'est... quand le moment approche. Nous avons passé tout l'après-midi à bavarder, Joyce et moi. Je voulais détourner son esprit du pont. Nous avions toute la nuit pour y penser.

— De quoi avez-vous parlé? demanda Warden, qui désirait connaître tous les détails.

— Il m'a raconté un peu de sa vic passée... Assez mélancolique, ce garçon, dans le fond... Une histoire en somme assez banale... Ingénieur-dessinateur dans une grosse firme... Oh! rien de très reluisant; il ne se vante pas. Une espèce d'employé de bureau. J'avais toujours imaginé quelque chose comme cela. Une vingtaine de jeunes gens de son âge qui travaillent devant des planches, du matin au soir, dans une salle commune. Vous voyez à peu près? Quand il ne dessinait pas, il faisait des calculs... à coups de formulaires et de règle. Rien de passionnant. Il ne paraît pas avoir apprécié beaucoup ce poste... semble avoir accueilli la guerre comme une occasion inespérée. Bizarre qu'un gratte-papier ait échoué à la Force 316.

— Il y a bien des professeurs, dit Warden... J'en ai connu quelques-uns comme lui. Ce ne sont pas les plus mauvais...

— Ni forcément les meilleurs. Il n'y a pas de règle générale. Il parle de son passé sans aigreur, pourtant... Mélancolique, c'est bien cela.

— Il est bien, j'en suis sûr... Quel genre de dessins lui faisait-on faire?

— Regardez le hasard. La firme s'occupait de ponts. Oh! pas des ponts en bois! Elle ne s'intéressait pas à la construction, non plus. Des ponts métalliques articulés. Un type standard. Elle fabriquait les pièces et livrait le pont aux entrepreneurs..., comme une boîte de Meccano, quoi! Lui, il ne sortait pas du bureau. Pendant les deux années qui ont précédé la guerre, il a dessiné et redessiné la même pièce. Spécialisation et tout ce qui s'ensuit, vous voyez d'ici? Il ne trouvait pas cela palpitant... Même pas une très grosse pièce; une poutrelle, c'est le nom qu'il a dit. Il s'agissait pour lui de déterminer le profil qui donnerait la meilleure résistance pour le plus petit poids de métal; du moins c'est ce que j'ai cru comprendre. Je n'entends rien à ces choses-là. Une question d'économie... La firme n'aimait pas gaspiller le matériel. Deux ans, là-dessus! Un garçon de son âge! Si vous l'aviez entendu parler de sa poutrelle! Sa voix tremblait. Je crois bien, Warden, que la poutrelle explique en partie son enthousiasme pour le présent job.

— C'est un fait, dit Warden, que je n'ai jamais vu un être aussi emballé par l'idée de détruire un pont... Il m'arrive de songer, Shears, que la Force 316 est une création du Ciel pour des hommes de sa classe. Si elle n'existait pas, il faudrait l'inventer... Vous, après tout, si vous n'aviez pas eu une belle indigestion de l'armée régulière...

— Et vous, si vous aviez été parfaitement satisfait de professer dans une université?... Enfin! Quoi qu'il en soit, quand la guerre a éclaté. il était encore absorbé par sa poutrelle. Il m'a expliqué très sérieusement qu'en deux ans, il avait réussi à économiser une livre et demie de métal, sur le papier. Ce n'était pas mal, paraît-il, mais ses chefs jugeaient qu'il pouvait faire mieux. Il devait continuer pendant des mois encore... Il s'est engagé dès les premiers jours. Lorsqu'il a entendu parler de la Force 316, il n'a pas couru, il a volé, Warden!... Et il y a des gens qui nient les vocations!...

Curieux tout de même, Warden. Sans cette poutrelle, il ne serait peut-être pas en ce moment aplati sous les buissons, à moins de cent yards de l'ennemi, avec un poignard à sa ceinture et à côté d'un appareil qui déclenche la foudre. »

III

SHEARS et Joyce avaient devisé ainsi jusqu'au soir, tandis que les deux Thaïs se parlaient à voix basse, commentant l'expédition. Shears était parfois pris de scrupules, se demandant s'il avait bien choisi, pour le premier rôle, celui des trois qui avait les plus grandes chances de réussir, et s'il ne s'était pas laissé influencer par la chaleur de ses supplications.

« Etes-vous bien sûr que vous pourrez agir aussi énergiquement que Warden ou que moi dans n'importe quelle circonstance? avait-il demandé gravement une dernière fois.

— J'en suis certain, maintenant, sir. Il faut me laisser faire. »

Shears n'avait pas insisté et n'était pas revenu sur sa décision.

Ils avaient commencé à embarquer le matériel avant le crépuscule. La rive était déserte. Le radeau en bambou, qu'ils avaient fabriqué eux-mêmes, ne se fiant qu'à eux seuls, était composé de deux sections parallèles séparées, pour faciliter le transport à travers la jungle. Ils le montèrent dans l'eau, ajustèrent les deux moitiés au moyen de deux tiges transversales amarrées avec des cordes. L'ensemble formait une plate-forme rigide. Puis, ils fixèrent les charges aussi solidement que possible. D'autres paquets contenaient les rouleaux de cordon, la batterie, le fil électrique et le manipulateur. Bien entendu, le matériel délicat était enveloppé dans des toiles imperméables. Quant aux détonateurs, Shears en avait emporté un double jeu. Il avait confié l'un à Joyce et s'était chargé de l'autre. Ils les portaient, attachés à leur ceinture, sur le ventre. C'étaient les seuls engins vraiment fragiles, le plastic étant en principe à l'épreuve des chocs.

« Vous deviez vous sentir tout de même un peu lourds, avec ces paquets sur le ventre, fit observer Warden.

— Vous savez bien qu'on ne pense jamais à ces choses-là... C'était un des moindres risques de la croisière... Et pourtant, je vous assure que nous avons été secoués. Maudits soient les Thaïs, qui nous avaient promis une voie parfaitement navigable! »

D'après les renseignements fournis par les indigènes, ils estimaient la durée du trajet à moins d'une demi-heure. Aussi, ne s'étaient-ils mis en route qu'à la nuit noire. En fait, il leur avait fallu plus d'une heure et la descente avait été tumultueuse. Le cours de la rivière Kwaï, sauf dans le voisinage du pont, où il était calme, était celui d'un torrent. Dès le départ, un rapide les avait entraînés dans l'obscurité, au milieu de rochers invisibles qu'ils étaient incapables d'éviter, accrochés désespérément à leur dangereuse et précieuse embarcation.

« Si j'avais connu la rivière, j'aurai choisi un autre moyen d'approche et couru le risque d'embarquer près du pont. Les renseignements simples de cette sorte, Warden, sont toujours faux, qu'ils soient fournis par des indigènes ou des Européens, d'ailleurs. Je l'ai remarqué bien souvent. J'ai été pris une fois de plus. Vous n'imaginez pas nos difficultés à manœuvrer le « sous-marin » dans ce torrent. »

Le « sous-marin » était le nom qu'ils avaient donné au radeau, alourdi exprès de bouts de ferraille, qui naviguait la plupart du temps entre deux eaux. Son lest avait été savamment mesuré pour qu'il fût à la limite de flottabilité, livré à lui-même. La simple pression d'un doigt suffisait alors à le faire disparaître complètement.

« Dans ce premier rapide, qui faisait un vacarme aussi violent que les chutes du Niagara, nous avons été secoués, ballottés, roulés, en dessus, en dessous du sous-marin, d'une rive à l'autre, tantôt raclant le fond de l'eau, tantôt jetés dans les branchages. Quand j'ai à peu près compris la situation (cela m'a pris un moment, j'étais suffoqué), je leur ai donné à tous comme consigne de s'accrocher au sous-marin et de ne le lâcher sous aucun prétexte; de ne penser qu'à cela. C'était tout ce que nous pouvions faire, mais c'est un miracle que personne n'ait eu le crâne défoncé... Un excellent apéritif, vraiment; juste ce qu'il fallait pour nous mettre en possession de tout notre sang-froid avant le job sérieux. Il y avait des vagues comme dans une tempête en mer. J'en avais mal au cœur... Et pas moyen d'éviter les obstacles! Parfois — comprenez-vous cela, Warden?... —, nous ne savions même pas où était le « devant nous ». Cela vous paraît extraordinaire? Quand la rivière se resserre et que la jungle se referme au-dessus de vous, je vous défie de savoir dans quel sens vous vous dirigez. Nous descendions avec le courant, n'est-ce pas? Par rapport à nous, à part les vagues, l'eau était aussi immobile que celle d'un lac. Seuls les obstacles nous donnaient une idée de notre direction et de notre vitesse... quand nous les avions heurtés. Un problème de relativité! Je ne sais pas si vous vous représentez bien... »

Cela avait dû être une sensation peu ordinaire. Il s'ingéniait à la dépeindre aussi fidèlement que possible. Warden l'écoutait avec passion.

« Je comprends, Shears. Et le radeau a tenu le coup?

— Un autre miracle! J'entendais des craquements, quand par hasard ma tête était hors de l'eau; mais il a résisté... Sauf à un moment... C'est le boy qui a sauvé la situation. Il est de première classe, Warden. Laissez-moi vous raconter... Vers la fin de ce premier rapide, alors que nous commencions tout de même à nous accoutumer un peu à l'obscurité, nous avons été précipités contre un énorme rocher qui émergeait au beau milieu de la rivière. Nous avons été lancé en l'air par le bourrelet d'eau, véritablement, Warden, avant d'être de nouveau happés par une veine liquide et entraînés par côté. Je n'aurais pas cru cela possible. J'ai vu la masse lorsqu'elle a été à quelques pieds de moi à peine. Je n'ai pas eu le temps; je n'ai songé à rien, qu'à mettre les pieds en avant et à étreindre un morceau de bambou. Les deux Thaïs ont été décrochés. Nous les avons retrouvés un peu plus loin, heureusement. Une chance!... Lui, savez-vous ce qu'il a fait? Il n'a eu qu'un quart de seconde pour réfléchir. Il s'est jeté les bras en croix à plat ventre sur le radeau. Savez-vous pourquoi, Warden? Pour maintenir ensemble les deux sections. Oui, une corde avait cassé. Les barres transversales glissaient et les deux moitiés commençaient à se séparer. Le choc les avait dissociés. Une catastrophe... Il a vu cela d'un coup d'œil. Il a pensé rapidement. Il a eu le réflexe d'agir et la force de tenir bon. Il était devant moi. J'ai vu le sous-marin projeté hors de l'eau, faire un saut en l'air, comme un de ces saumons qui remontent les rapides; exactement, avec lui par-dessus, agrippé de toutes ses forces aux bambous. Il n'a pas lâché. On a rattaché les barres comme on a pu, ensuite. Remarquez que, dans cette position, ses détonateurs étaient en contact direct avec le plastic, et qu'il a dû prendre un fameux coup... Je l'ai vu au-dessus de ma tête, je vous dis. Un éclair!... C'est le seul moment où j'ai pensé que nous transportions des explosifs. Ça ne fait rien. C'était encore le moindre risque, j'en suis persuadé. Et il l'avait deviné, en un quart de seconde. Un garçon peu ordinaire, Warden, j'en suis certain. Il doit réussir.

— Une remarquable combinaison de sang-froid et de promptitude dans les réflexes », apprécia Warden.

Shears reprit à voix basse :

« Il doit réussir, Warden. Cette affaire est la sienne, et personne ne peut l'empêcher d'aller jusqu'au bout. C'est son coup à lui. Il le sait. Vous et moi, ne sommes plus que des aides. Nous avons eu notre heure... Il ne faut plus penser qu'à faciliter sa tâche. Le sort du pont est en de bonnes mains. »

Après ce premier rapide, il y avait eu une accalmie, pendant laquelle ils avaient consolidé le radeau. Ensuite, ils avaient été encore secoués dans un étroit chenal. Ils avaient perdu du temps devant un amas de roches qui barrait une partie du cours d'eau, formant en amont un vaste et lent tourbillon, dans lequel ils avaient tourné en rond pendant plusieurs minutes, sans pouvoir regagner le courant.

Enfin, ils s'étaient échappés de ce piège. La rivière s'était élargie, s'apaisant tout d'un coup, ce qui leur avait produit l'impression de déboucher dans un lac immense et tranquille. Leurs yeux devinaient les rives et ils parvenaient à conserver le centre du cours d'eau. Bientôt, ils avaient aperçu le pont.

Shears interrompit son récit et regarda silencieusement dans la vallée.

« Bizarre de le contempler ainsi, par en dessus... et en entier. Il a toute autre physionomie quand on est dessous, la nuit. Je n'ai guère vu que des morceaux les uns après les autres. Ce sont les morceaux qui importent pour nous, avant... après aussi, d'ailleurs... Sauf en arrivant. Alors sa silhouette se détachait sur le ciel avec une netteté incroyable. Je tremblais que nous fussions aperçus. Il me semblait qu'on devait nous voir comme en plein jour. C'était une illusion, bien sûr. Nous étions dans l'eau jusqu'au nez. Le sous-marin était en plongée. Il avait même tendance à couler complètement. Certains bambous étaient fendus. Mais tout a bien marché. Il n'y avait pas de lumière. Nous avons glissé sans bruit dans les ténèbres du pont. Pas un choc. Nous avons amarré le radeau à un pilier d'une rangée intérieure et le travail a commencé. Nous étions déjà engourdis par le froid.

— Pas d'ennui particulier? demanda Warden.

— Pas d'ennui « particulier », si vous voulez; à condition que vous trouviez normale une besogne de cette sorte, Warden... »

Il s'arrêta de nouveau, comme hypnotisé par le pont, que le soleil éclairait encore, et dont le bois clair se détachait au-dessus de l'eau jaunâtre.

« Tout ceci me fait l'effet d'un rêve, Warden. J'ai déjà éprouvé cette impression. Le jour venu, on se demande si c'est vrai, si c'est réel, si les charges sont bien là, s'il suffit véritablement d'un petit geste sur le levier du manipulateur. Cela paraît complètement impossible... Joyce est là, à moins de cent yards du poste japonais. Il est là derrière l'arbre roux, regardant le pont. Je parie qu'il n'a pas bougé depuis que je l'ai quitté. Songez à tout ce qui peut arriver avant demain, Warden! Il suffit qu'un soldat japonais s'amuse à poursuivre un serpent dans la jungle... Je n'aurais pas dû le laisser. Il aurait regagné son poste cette nuit seulement.

— Il a son poignard, dit Warden. Tout repose sur lui. Racontez-moi la fin de la nuit. »

Après un séjour prolongé dans l'eau, la peau devient d'une délicatesse telle que le simple contact avec un objet rugueux suffit à la meurtrir. Les mains sont particulièrement fragiles. Le moindre frottement arrache des lambeaux autour des doigts. La première difficulté avait été de défaire les liens qui fixaient le matériel sur le radeau. C'étaient des cordes grossières fabriquées par les indigènes, hérissées d'ébarbures piquantes.

« Cela paraît enfantin, Warden, mais dans l'état où nous étions... Et quand il faut faire cela dans l'eau, sans bruit! Regardez mes mains. Celles de Joyce sont pareilles. »

Il regarda encore dans la vallée. Sa pensée ne pouvait se détacher de l'autre, qui attendait sur la rive ennemie. Il éleva ses mains en l'air, contempla de profondes crevasses que le soleil avaient durcies, puis reprit son récit avec un geste d'impuissance.

Ils avaient tous des poignards bien aiguisés, mais leurs doigts engourdis éprouvaient de la peine à les manier. Et puis, si le plastic est un explosif stable, il n'est tout de même pas recommandé de fouiller sa masse avec un objet métallique. Shears s'était vite aperçu que les deux Thaïs ne pouvaient plus être d'aucune utilité.

« Je l'avais craint. Je l'avais dit au boy, un peu avant l'embarquement, Nous ne pouvions compter que sur nous deux pour terminer la besogne. Ils n'en pouvaient plus. Ils grelottaient sur place, cramponnés à un pilier. Je les ai renvoyés. Ils m'ont attendu au bas de la montagne. Je suis resté seul avec lui... Pour un travail de cette sorte, Warden, la résistance physique ne suffit pas. Le boy a tenu le coup d'une façon magnifique; moi, à peu près. Je crois que j'étais à la limite. Je deviens vieux. »

L'une après l'autre, ils avaient détaché les charges et les avaient fixées à l'endroit prévu sur le plan de destruction. Ils devaient lutter à chaque instant pour ne pas être emportés par le courant. Accrochés par les pieds à un pilier, ils devaient enfoncer le plastic à une profondeur suffisante pour qu'il fût invisible, puis le modeler contre le bois pour que l'explosif agît avec toute sa puissance. En tâtonnant sous l'eau, ils l'attachaient avec ces maudites cordes coupantes et piquantes qui traçaient des sillons sanglants sur leurs mains. Les simples actes de serrer les liens et de les nouer étaient devenus un effroyable supplice. A la fin, ils plongeaient et s'aidaient de leurs dents.

Cette opération avait pris une bonne partie de la nuit. La tâche suivante était moins pénible, mais plus délicate. Les détonateurs avaient été fixés en même temps que les charges. Il fallait les relier par un réseau de cordons « instantanés » pour que toutes les explosions fussent simultanées. C'est une besogne qui exige une tête froide, car une erreur peut causer des déboires. Un « montage » de destruction ressemble à un montage électrique et chaque élément doit y être à sa place. Celui-ci était un peu compliqué, car Number one avait, là aussi, observé une large marge de sécurité, doublant le nombre des cordons et des détonateurs. Ces cordons étaient assez longs et les bouts de ferraille qui lestaient le radeau y avaient été accrochés pour les faire couler.

« Enfin, tout a été prêt. Je crois que ce n'est pas trop mal. J'ai tenu à faire une dernière fois le tour de tous les piliers. C'était inutile. Avec Joyce, je pouvais être tranquille. Rien ne bougera, j'en suis sûr. »

Ils étaient exténués, meurtris et transis, mais leur exaltation augmentait à mesure que l'œuvre touchait à sa fin. Ils avaient démantelé le sous-marin et avaient laissé filer les bambous, l'un après l'autre. Il ne leur restait plus qu'à se laisser descendre eux-mêmes, en nageant vers la rive droite, l'un portant la batterie dans son enveloppe imperméable, l'autre dévidant le fil, lesté lui aussi par endroits, soutenu par une dernière tige creuse de bambou. Ils avaient atteint la terre juste au point repéré par Joyce. La berge formait un talus en pente raide et la végétation arrivait au bord de l'eau. Ils avaient dissimulé le fil dans les broussailles et s'étaient enfoncés dans la jungle d'une dizaine de mètres. Joyce avait installé la batterie et le manipulateur.

« Là, derrière cet arbre roux, dont les branches

trempent dans l'eau, j'en suis sûr, dit encore Shears.

— L'affaire se présente bien, dit Warden. La journée est presque écoulée, et il n'a pas été découvert. Nous l'aurions vu d'ici. Personne n'est allé se promener de ce côté. Il n'y a d'ailleurs pas beaucoup d'agitation autour du camp. Les prisonniers sont partis hier.

— Les prisonniers sont partis hier?

— J'ai vu une troupe importante quitter le camp. La fête devait célébrer la fin des travaux et les Japonais ne tiennent certainement pas à garder ici des hommes inoccupés.

— J'aime mieux cela.

— Il en est resté quelques-uns. Des éclopés, je pense, qui ne peuvent pas marcher... C'est alors que vous l'avez quitté, Shears?

— Je l'ai quitté. Je n'avais rien à faire là-bas et l'aube était proche. Dieu fasse qu'il ne soit pas découvert!

— Il a son poignard, dit Warden... Tout marchera bien. Voici le soir. La vallée de la rivière Kwaï est déjà sombre. Il n'y a plus guère d'accident possible.

— Il y a « toujours » un accident imprévu, Warden. Vous le savez aussi bien que moi. J'ignore quelle en est la raison secrète, mais je n'ai jamais vu un seul cas où l'action se déroule suivant le plan préparé.

— C'est vrai. Je l'ai remarqué, moi aussi.

— Sous quelle forme « cela » va-t-il se présenter, cette fois-ci?... Je l'ai quitté. J'avais encore dans mes poches un petit sac de riz et une gourde de whisky, la fin de notre provision, que j'avais portée avec autant de soin que les détonateurs. Nous en avons bu une gorgée chacun, et je lui ai laissé le tout. Il m'a affirmé une dernière fois qu'il se sentait sûr de lui. Je l'ai laissé seul. »

IV

SHEARS écoute l'incessant murmure que la rivière Kwaï distille à travers la jungle de Thaïlande et se sent bizarrement oppressé.

Cet accompagnement continu de ses pensées et de ses actes, avec lequel il s'est maintenant familiarisé, il n'en reconnaît, ce matin, ni l'intensité ni le rythme. Il reste longtemps immobile, inquiet, toutes ses facultés en alerte. D'autres facteurs indéfinissables de l'ambiance matérielle se révèlent peu à peu incompréhensiblement étrangers.

Une transformation s'est produite, lui semble-t-il, dans cet entourage, qui s'est imposé à son être, au cours d'une nuit dans l'eau et d'une journée passée au sommet de la montagne. Cela a commencé un peu avant l'aube. Il a été d'abord inexplicablement surpris, puis tracassé par une impression étrange. Par le chemin de sens obscurs, celle-ci a envahi graduellement sa conscience pour se métamorphoser en une pensée, encore confuse, mais qui cherche désespérément une expression de plus en plus précise. Au lever du jour, il ne peut la formuler exactement que par cette phrase : « Il y a quelque chose de changé dans l'atmosphère qui enveloppe le pont et la rivière Kwaï. »

« Il y a quelque chose de changé... » Il répète ces mots à voix basse. Ce sens spécial de l'« atmosphère » ne le trompe presque jamais. Son malaise s'aggrave jusqu'à devenir une angoisse, qu'il essaie de dissiper en raisonnant.

« Evidemment, il y a quelque chose de changé. C'est bien naturel. La musique est différente suivant le point d'où on l'écoute. Ici, je suis dans la forêt, au bas de la montagne. Les échos ne sont pas les mêmes que sur un sommet ou dans l'eau... Si ce travail dure encore longtemps, je vais finir par entendre des voix! »

Il regarde à travers le feuillage, mais ne remarque rien de particulier. L'aube éclaire à peine la rivière. La berge opposée n'est encore qu'une masse compacte grise. Il se force à penser seulement au plan de bataille et à la position des différents groupes qui attendent l'heure de l'action. L'action est proche. Dans la nuit, il est descendu de l'observatoire avec quatre partisans. Ils se sont installés aux emplacements choisis par Warden, non loin et un peu au-dessus de la voie ferrée. Warden, lui, est resté là-haut avec les deux autres Thaïs, près des mortiers. Il dominera le théâtre, prêt à intervenir lui aussi, après le grand coup. Number one en a décidé ainsi. Il a fait comprendre à son ami qu'il faut un chef, un Européen, en chaque poste important, pour prendre des décisions s'il le faut. On ne peut pas tout prévoir et donner à l'avance des ordres définitifs. Warden s'était incliné. Quant au troisième élément, le plus important, toute l'action repose sur lui. Joyce est maintenant là-bas depuis plus de vingt-quatre heures, juste en face de Shears. Il attend le train. Le convoi est parti dans la nuit de Bangkok. Un message l'a annoncé.

« Il y a quelque chose de changé dans l'atmosphère... » Voilà que le Thaï posté au fusil mitrailleur donne, lui aussi, des signes d'agitation. Il se hausse sur les genoux pour épier la rivière.

L'angoisse de Shears ne se dissipe pas. L'impression cherche toujours à être plus précisément exprimée, en même temps qu'elle se dérobe à l'analyse. L'esprit de Shears s'acharne sur cet exaspérant mystère.

Le bruit n'est plus le même, il pourrait le jurer. Un homme qui fait le métier de Shears enregistre instinctivement et très vite la symphonie des éléments naturels. Cela lui a été déjà utile en deux ou trois occasions. Le frémissement des remous, le grésillement particulier des molécules d'eau frottant contre le sable, le craquement des branches ployées par le courant, tout cet ensemble compose, ce matin, un concert différent, moins bruyant..., oui, moins bruyant que la veille, certainement. Shears se demande sérieusement s'il n'est pas en train de devenir sourd. Ou bien, ses nerfs sont-ils en si mauvais état?

Mais le Thaï ne peut pas être devenu sourd en même temps. Et puis, il y a autre chose. Tout d'un coup, un autre élément de l'impression passe dans la conscience. L'odeur aussi est altéré. L'odeur de la rivière Kwaï n'est plus la même, ce matin. Ce sont des exhalaisons de vase humide qui dominent, presque comme au bord d'un étang.

« River Kwaï down! » s'exclame soudain le Thaï.

Et comme la lumière commence à faire naître des détails sur la berge d'en face, Shears a une brusque révélation. L'arbre, le grand arbre roux, derrière lequel est dissimulé Joyce, ses branches ne trempent plus dans l'eau. La rivière Kwaï a baissé. Le niveau est descendu dans la nuit. De combien? D'un pied peut-être? Devant l'arbre, au bas du talus, une plage de galets émerge maintenant, encore constellée de gouttes d'eau et brillante au soleil levant.

Dans l'instant même qui suit sa découverte, Shears éprouve une satisfaction d'avoir trouvé l'explication de son malaise et repris confiance en ses nerfs. Il a senti juste. Il n'est pas encore fou. Les remous ne sont plus les mêmes; ni ceux de l'eau ni ceux de l'air au-dessus. C'est vraiment toute l'atmosphère qui est affectée. Les nouvelles terres, encore humides, expriment cette odeur de vase.

Les catastrophes ne s'imposent jamais instantanément. L'inertie de l'esprit nécessite de la durée. Une à une seulement, Shears découvre les fatales implications de ce fait banal.

La rivière Kwaï a baissé! Devant l'arbre roux, une large surface plate, hier submergée, est maintenant visible. Le fil... le fil électrique...! Shears laisse échapper une exclamation obscène. Le fil... Il a sorti ses jumelles et fouille avidement l'espace solide qui vient de surgir dans la nuit.

Le fil est là. Une longue section est maintenant à sec. Shears le suit des yeux, depuis le bord de l'eau jusqu'au talus; une ligne sombre, jalonnée par des brins d'herbe que le courant y a accrochés.

Il n'est tout de même pas très apparent. Shears l'a découvert parce qu'il le cherchait. Il peut passer inaperçu, si aucun Japonais ne vient à passer par là... Mais la berge, autrefois inaccessible!... C'est maintenant une plage continue en dessous du talus, qui se prolonge... jusqu'au pont, probablement (d'ici, on ne voit pas le pont), et qui, sous le regard enragé de Shears, semble inviter les promeneurs. Pourtant, dans l'attente du train, les Japonais doivent avoir des occupations qui les empêchent de flâner au bord de l'eau. Shears s'essuie le front.

Jamais l'action ne se modèle exactement sur le plan. Toujours, à la dernière minute, un incident banal, trivial, grotesque parfois, vient bouleverser le programme le mieux préparé. Number one se reproche comme une coupable négligence de ne pas avoir prévu la baisse de la rivière... Et il a fallu que ce soit cette nuit-là, pas une nuit plus tard, ni deux nuits plus tôt!

Cette plage découverte, sans une touffe d'herbe, nue, nue comme la vérité, arrache les yeux. La rivière Kwaï a dû baisser considérablement. D'un pied? De deux pieds? Peut-être davantage?... Bon Dieu!

Shears a une soudaine faiblesse. Il s'agrippe à

un arbre pour cacher au Thaï le tremblement de ses membres. C'est la deuxième fois de sa vie qu'il éprouve un pareil bouleversement. La première, c'était pour avoir senti couler sur ses doigts le sang d'un adversaire. Son cœur s'arrête réellement, véritablement de battre, et tout son corps sécrète une sueur glacée.

« De deux pieds? Peut-être davantage?... Dieu tout-puissant! Et les charges! Les charges de plastic sur les piliers du pont! »

V

JOYCE, lorsque Shears lui eut serré la main en silence et l'eut laissé seul à son poste, était resté un long moment étourdi. La certitude de ne plus devoir compter que sur ses propres forces lui montait au cerveau comme les fumées de l'alcool. Son corps était insensible à la fatigue de la nuit passée et à la glace de ses vêtements imbibés d'eau. Il n'avait encore jamais éprouvé cette impression de puissance et de domination que donne l'isolement absolu, sur une cime ou dans les ténèbres.

Quand il reprit conscience, il fut obligé de se raisonner pour se décider à accomplir, avant l'aurore proche, quelques actes nécessaires, afin de ne pas être à la merci d'une défaillance. Si cette idée ne lui était pas venue à l'esprit, il serait demeuré ainsi, sans bouger, adossé à un arbre, la main sur le manipulateur, les yeux tournés vers le pont, dont le tablier noir se détachait sur un coin de ciel étoilé au-dessus de la masse opaque des basses broussailles à travers le feuillage moins touffu des grands arbres. C'était la position qu'il avait prise d'instinct après le départ de Shears.

Il se leva, ôta ses vêtements, les tordit et frictionna son corps transi. Il remit son short et sa chemise qui, même humides, le protégeaient contre l'air froid de l'aube. Il mangea autant qu'il put du riz que Shears lui avait laissé et but une longue rasade de whisky. Il jugea qu'il était trop tard pour sortir de sa cachette et aller chercher de l'eau. Il utilisa une partie de l'alcool pour laver les plaies qui constellaient ses membres. Il se rassit au pied de l'arbre et attendit. Rien ne se passa au cours de cette journée. Il le prévoyait. Le train ne devait arriver que le lendemain; mais, sur place, il lui semblait qu'il pouvait diriger les événements.

A plusieurs reprises, il vit des Japonais sur le pont. Ils paraissaient sans méfiance et aucun ne regarda de son côté. Comme dans son rêve, il s'était fixé sur le tablier un point facile à repérer, un croisillon de la balustrade, aligné avec lui et une branche morte. Cela correspondait à la moitié de la longueur totale, c'est-à-dire juste au début du passage fatal. Quand la locomotive arriverait là, quelques pieds avant plutôt, il pèserait de tout son poids sur la poignée du manipulateur. Il s'était exercé plus de vingt fois, après avoir détaché le fil, à faire ce geste simple, à le rendre instinctif, suivant en esprit la locomotive imaginée. L'appareil fonctionnait bien. Il l'avait soigneusement nettoyé et essuyé, veillant à en effacer la moindre souillure. Ses réflexes aussi étaient parfaits.

La journée passa rapidement. La nuit venue, il descendit le talus, but de longues gorgées d'eau boueuse, remplit sa gourde, puis retourna dans sa cachette. Il se permit de somnoler, sans changer de position, assis contre l'arbre. Si, par extraordinaire, l'horaire du train était modifié, il l'entendrait venir, il en était certain. Durant les séjours dans la jungle, on s'habitue très vite à conserver dans l'inconscience la vigilance des bêtes.

Il dormit par petits sommes, coupés par de longues périodes de veille. Pendant les uns et les autres, des lambeaux de l'aventure présente alternaient curieusement avec les souvenirs de ce passé qu'il avait évoqué avec Shears, avant de s'embarquer sur la rivière.

Il était dans le bureau d'études poussiéreux, où quelques-unes des plus importantes années de son existence s'étaient écoulées en d'interminables heures mélancoliques, devant la feuille à dessin, éclairée par une lampe à projecteur, sur laquelle il s'était penché pendant des journées éternelles. La poutrelle, cette pièce de métal qu'il n'avait jamais contemplée dans sa réalité, étalait sur le papier les représentations symboliques à deux dimensions qui avaient accaparé sa jeunesse. Le plan, le profil, l'élévation et les multiples coupes naissaient sous ses yeux, avec tous les détails des nervures dont la disposition experte avait permis l'économie d'une livre et demie d'acier, après deux années de tâtonnements obscurs.

Sur ces images, contre ces nervures, venaient se fixer maintenant de petits rectangles bruns, sem blables à ceux que Warden avait tracés, accolés aux vingt-quatre piliers, sur le schéma à grande échelle du pont. Le titre, dont la composition lui avait coûté de pénibles crampes, à chacune des innombrables épreuves, le titre à la ronde se dilatait, puis se brouillait sous son regard. Il cherchait vainement à suivre les lettres. Elles s'éparpillaient sur toute la feuille, jusqu'à ce que, se regroupant enfin, comme parfois lors de la présentation d'un film sur une toile de cinéma, elles fissent un mot nouveau. C'était le mot DESTRUCTION, en grosses lettres noires dont l'encre brillante reflétait les feux du projecteur, qui, effaçant tout autre symbole, s'inscrivait sur l'écran de son hallucination.

Il n'était pas véritablement obsédé par cette vision. Il pouvait la chasser à volonté. Il lui suffisait d'ouvrir les yeux. Le coin de nuit où s'inscrivait en sombre le pont de la rivière Kwaï chassait les spectres poussiéreux du passé et le rappelait à la réalité; sa réalité. Sa vie ne serait plus la même après cet événement. Il savourait déjà le philtre du succès en percevant sa propre métamorphose.

Au petit jour, à peu près au même instant que Shears, il éprouva, lui aussi, un malaise, provoqué par un changement dans les émanations sensibles de la rivière Kwaï. L'altération avait été si progressive qu'il n'en avait pas été impressionné au cours de son engourdissement. De son gîte, il ne voyait que le tablier du pont. La rivière lui était cachée, mais il était certain de ne pas se tromper. Cette conviction l'oppressa bientôt au point qu'il lui parut nécessaire de ne pas rester inactif. Il rampa dans les buissons en direction de l'eau, parvint au dernier voile de feuillage et regarda. Il comprit la cause de son trouble en même temps qu'il découvrait le fil électrique sur la plage de galets.

Suivant les mêmes étapes que celui de Shears, son esprit s'éleva graduellement jusqu'à la contemplation d'un irréparable désastre. Il ressentit la même dislocation de son être physique à la pensée des charges de plastic. De sa nouvelle position, il pouvait voir les piliers. Il n'avait qu'à lever les yeux. Il se contraignit à faire ce geste.

Il lui fallut une assez longue observation pour apprécier le degré de risque que comportait le mouvement baroque de la rivière Kwaï. Même après un examen attentif, il ne put le mesurer exactement, l'espoir alternant avec l'angoisse suivant le jeu des mille rides que le courant créait autour du pont. Au premier coup d'œil, un flux d'optimisme voluptueux détendit ses nerfs convulsés par l'horreur de sa première pensée. La rivière n'avait pas tellement baissé. Les charges étaient encore sous l'eau.

...Du moins cela paraissait ainsi, de sa place, très peu élevée. Mais d'en haut? Du pont?... Et même d'ici? En s'appliquant mieux, il apercevait maintenant une assez grosse vague, comme celle créée à fleur d'eau par une épave fixe, autour des piliers qu'il connaissait bien, ceux auxquels il avait laissé incrustés des lambeaux de sa chair. Il n'avait pas le droit de s'illusionner. La vague, autour de ces piliers particuliers, était plus importante que pour les autres. ...Et contre l'un d'eux, il lui semblait bien distinguer par moments un coin de matière brune qui tranchait sur le bois plus clair. Cela émergeait parfois comme le dos d'un poisson et, l'instant d'après, il n'y avait plus que des remous. Les charges devaient être au ras de la surface liquide. Une sentinelle vigilante pouvait certainement repérer celles des rangées extérieures, en se penchant un peu au-dessus de la balustrade.

Et peut-être la rivière baissait-elle encore? Peut-être, dans un moment, les charges seraient-elles entièrement exposées à tous les regards, encore dégouttantes d'eau, étincelantes sous la lumière brutale du ciel de Thaïlande! La grotesque absurdité de ce tableau le glaça. Quelle heure était-il? Dans combien de temps?... Le soleil commençait seulement à éclairer la vallée. Le train n'était pas attendu avant dix heures. Leur patience, leur travail, leurs peines, leurs souffrances, tout était soudainement rendu dérisoire et presque ridicule par la fantaisie inhumaine du ruissellement sur la haute montagne. Le succès du grand coup pour lequel il avait sacrifié en une fois toutes les réserves de vitalité et de puissance dédaignées, économisées pendant des années de contrainte, était remis en jeu, pesé de nouveau dans une balance insensible aux aspirations de son âme. Son destin devait se jouer pendant les minutes qui le séparaient de l'arrivée du train; se jouer en dehors de lui, sur un plan supérieur, peut-être en une conscience, mais une conscience étrangère, impitoyable et dédaigneuse de l'élan qui l'avait emporté, dominant de si haut les affaires humaines qu'elle ne pouvait être fléchie par aucune volonté, aucune prière, aucun désespoir.

Cette certitude que la découverte ou la non-découverte des explosifs était maintenant indépendante de ses efforts lui rendit paradoxalement un peu de son calme. Il s'interdit d'y songer et même de faire des souhaits. Il n'avait pas le droit de gaspiller une seule parcelle de son énergie pour des événements qui se passaient dans un univers transcendant. Il devait les oublier pour concentrer toutes ses ressources sur les éléments qui étaient encore dans les limites de son intervention. Sur ceux-là, et sur aucun autre, il lui fallait appliquer son esprit. L'action était encore possible et il lui fallait prévoir sa forme éventuelle. Il réfléchissait toujours à sa conduite future. Shears l'avait remarqué.

Si les masses de plastic étaient décelées, le train serait arrêté avant le pont. Il appuierait alors sur la poignée du manipulateur, avant d'être lui-même découvert. Les dommages seraient réparables. Ce serait un demi-échec, mais il n'y pouvait rien.

Différente était sa situation relativement au fil électrique. Celui-ci ne pouvait être aperçu que par un être humain descendu sur la plage, à quelques pas de lui. Alors, il lui resterait encore une possibilité d'action personnelle. Peut-être ne se trouverait-il en cet instant personne sur le pont ou sur la rive d'en face pour le voir? Et le talus dissimulait la plage de galets aux Japonais du camp. L'homme hésiterait probablement avant de donner l'alarme. Alors, lui, Joyce, devrait agir, agir très vite. Pour cela, il ne fallait perdre de vue ni la plage ni le pont.

Il réfléchit encore, retourna vers sa précédente cachette et ramena ses appareils à ce nouveau poste, derrière un mince écran de végétation, où il pouvait observer à la fois le pont et l'espace nu que barrait le fil. Une idée lui traversa l'esprit. Il ôta son short et sa chemise. Il resta en slip. C'était à peu près l'uniforme de travail des prisonniers. S'il était aperçu de loin, il pourrait être pris pour l'un d'eux. Il installa soigneusement le manipulateur et s'agenouilla. Il sortit son poignard de l'étui. Il posa sur l'herbe, à côté de lui, cet accessoire important de son équipement, jamais oublié dans les expéditions de la « Plastic & Destructions Co Ltd. », et attendit.

Le temps coulait à une allure désespérément lente, freiné, amorti comme le flot décru de la rivière Kwaï, mesuré pour lui en secondes éternelles par le murmure assourdi des molécules d'eau, grignotant imperceptiblement la périlleuse durée future, accumulant dans le passé des instants de sécurité inappréciables, mais infinitésimaux et tragiquement hors de proportion avec son désir La lumière des tropiques envahissait la vallée humide, faisant miroiter le sable noir, imprégné d'eau, des terres fraîchement découvertes. Le soleil, après avoir découpé des croisillons dans la superstructure du pont, un moment caché par le tablier, s'élevait maintenant au-dessus de cette barre, projetant juste devant lui l'ombre gigantesque de l'ouvrage des hommes. Elle traçait sur la plage de galets une ligne droite parallèle au fil, se déformait dans l'eau, devenait mouvante en une multitude d'ondulations, puis se soudait de l'autre côté de la rivière avec la masse montagneuse. La chaleur durcissait les crevasses de ses mains déchirées, rendait atrocement cuisantes les plaies de son corps, sur lesquelles s'acharnaient des légions multicolores de fourmis. Mais la souffrance physique ne le détournait pas de ses pensées et formait seulement un accompagnement douloureux à l'obsession qui, depuis un moment, torturait son cerveau.

Une nouvelle angoisse l'avait saisi, comme il se forçait de préciser la forme que prendrait nécessairement l'action, si dans l'heure qu'il allait vivre la ligne de son destin croisait un certain événement... Un soldat japonais, tenté par la plage de galets, se promènerait nonchalamment au bord de l'eau. Il éprouverait une surprise en apercevant le fil. Il s'arrêterait. Il se baisserait pour le saisir et resterait un moment immobile. C'est alors qu'il devait, lui, Joyce, intervenir. Il lui était indispensable de se représenter à l'avance son propre geste. Il réfléchissait trop, avait dit Shears!

L'évocation de l'acte suffisait à nouer ses nerfs

et paralyser chacun de ses muscles. Il ne devait pas se dérober. Il avait l'intuition que cet accomplissement était obligatoire; qu'il avait été préparé depuis longtemps; qu'il était la conclusion naturelle d'aventures convergeant inéluctablement vers cet ultime examen de ses possibilités. C'était l'épreuve redoutée entre toutes, répugnante, qu'il pouvait jeter dans un des plateaux de la balance, seule assez lourde de sacrifice et d'horreur pour tordre le fléau vers la victoire en l'arrachant à la pesanteur gluante de la fatalité.

Il tendit toutes les cellules de son cerveau vers cette réalisation finale, repassant fiévreusement l'enseignement reçu, essayant de se donner corps et âme à la dynamique de l'exécution, sans pouvoir chasser l'hallucination des conséquences immédiates.

Il se rappela la question inquiète, autrefois posée par son chef. « Le moment venu, de sang-froid, « pourriez-vous » vous servir de cet instrument? » Il avait été troublé dans son instinct et sa bonne foi. Il n'avait pas pu, alors, donner de réponse catégorique. Au moment de l'embarquement sur la rivière, il avait été affirmatif; maintenant, il n'était sûr de rien. Il regarda l'arme posée sur l'herbe, à côté de lui.

C'était un poignard à la lame longue et effilée, au manche assez court, juste suffisant pour permettre une prise convenable, métallique, et formant un seul bloc, lourd, avec la lame. Des théoriciens de la Force 316 en avaient modifié plusieurs fois la forme et le profil. L'enseignement donné avait été précis. Il ne s'agissait pas seulement de crisper le poing et de taper en aveugle; cela était trop facile; cela était à la portée de tout le monde. Toute destruction demande une technique. Ses instructeurs lui avaient appris deux façons de l'utiliser. Pour la défense, contre un adversaire qui se rue, il était prescrit de le tenir en avant de soi, la pointe légèrement relevée, le tranchant vers le haut, et de frapper toujours en remontant, comme pour éventrer une bête. Ce geste même n'était pas au-dessus de ses forces. Il l'eût fait presque instinctivement. Mais ici, le cas était différent. Aucun ennemi ne se jetterait sur lui. Il n'aurait pas à se défendre. Il devrait employer la deuxième méthode pour l'événement qu'il sentait approcher. Elle ne demandait que peu de force, mais de l'adresse et un épouvantable sang-froid. C'était la méthode recommandée aux élèves pour éliminer, la nuit, une sentinelle, sans qu'elle eût le temps ni la possibilité de donner l'alarme. Il fallait la frapper par-derrière; non pas dans le dos (cela aussi eût été trop aisé!). Il fallait lui trancher la gorge.

Le poignard devait être tenu dans la main renversée, les ongles en dessous, le pouce allongé sur la naissance de la lame, pour obtenir une plus grande précision; celle-ci, horizontale et perpendiculaire au corps de la victime. Le coup devait être porté de droite à gauche, fermement mais sans violence excessive qui l'eût fait dévier, et dirigé vers un certain point, à quelques centimètres en dessous de l'oreille. Ce point devait être visé et atteint, pas un autre, pour que l'homme ne pût crier. Tel était le schéma de l'opération. Elle comportait aussi d'autres mouvements, accessoires mais importants, à effectuer dans l'instant suivant immédiatement la pénétration. Mais les recommandations faites à ce sujet, avec une pointe d'humour, par les instructeurs de Calcutta, Joyce n'osait même plus se les répéter à voix basse.

Il ne parvenait pas à chasser la vision des conséquences immédiates. Alors, il se contraignit au contraire à en contempler l'image, la créer et la détailler avec son relief et son abominable couleur. Il se força à en analyser les aspects les plus affreux, espérant follement s'en rassasier et parvenir au détachement qu'inspire l'habitude. Il vécut la scène dix fois, vingt fois, réussissant peu à peu à construire, non plus un fantôme, non plus une vague représentation intérieure, mais, sur la plage, devant lui, un être humain, un soldat japonais en uniforme, dans toute sa réalité et sa consistance, avec son étrange casquette, l'oreille qui dépassait, et, un peu plus bas, la petite surface de chair brune, qu'il visait en élevant sans bruit son bras demi-tendu. Il s'obligeait à sentir, à mesurer la résistance offerte, à observer le jaillissement du sang et le spasme, pendant que le poignard, dans l'axe de son poing crispé, s'acharnait sur les opérations accessoires et que son bras gauche, brusquement rabattu, étreignait le cou de sa victime. Il se vautra pendant un temps infini dans l'horreur la plus profonde qu'il pût concevoir. Il fit de tels efforts pour entraîner son corps à n'être plus qu'une mécanique obéissante et insensible qu'il ressentit une fatigue accablante dans tous ses muscles.

Il n'était pas encore sûr de lui. Il s'aperçut avec épouvante que sa méthode de préparation était inefficace. La hantise d'une défaillance le torturait aussi implacablement que la contemplation de son devoir. Il avait à choisir entre deux atrocités; celle-ci, ignominieuse, diffusant en une éternité de honte et de remords la même somme d'horreur que la seconde concentrait dans les quelques secondes de l'abominable action, mais passive, n'exigeant qu'une lâcheté immobile, et qui le fascinait cruellement par la perverse séduction de la facilité. Il comprit enfin qu'il ne pourrait jamais accomplir de sang-froid, en pleine possession de sa conscience, le geste qu'il s'obstinait à se représenter. Il devait au contraire à tout prix le chasser de son esprit, trouver un dérivatif, excitant ou stupéfiant, qui l'entraînât dans une autre sphère. Il avait besoin d'une aide autre que le sentiment glacé de cet effrayant devoir.

Une aide extérieure...? Il promena autour de lui des yeux implorants. Il était seul, nu, sur une terre étrangère, tapi sous un buisson comme une bête de la jungle, environné d'ennemis de toute sorte. Sa seule arme était ce poignard monstrueux qui brûlait la paume de sa main. Il chercha vainement un appui dans quelque élément du décor qui avait enflammé son imagination. Tout était maintenant hostile dans la vallée de la rivière Kwaï. L'ombre du pont s'éloignait de minute en minute. L'ouvrage n'était plus qu'une structure inerte et sans valeur. Il ne pouvait espérer aucun secours. Il n'avait plus d'alcool, même plus de riz. Il eût éprouvé un soulagement en avalant n'importe quelle nourriture.

L'aide ne pouvait pas venir de l'extérieur. Il était bien livré à ses seules puissances. Il l'avait voulu. Il s'en était réjoui. Il en avait ressenti de l'orgueil et de l'ivresse. Elles lui avaient paru invincibles. Elles ne pouvaient pas se désintégrer d'un coup en le laissant sans ressort, comme une mécanique au moteur saboté! Il ferma les yeux au monde environnant et reporta son regard en lui même. S'il existait une possibilité de salut, elle était là, et non sur la terre ou dans les cieux. Dans la misère de sa présente condition, la seule lueur d'espoir qu'il pût deviner était la scintillation hypnotisante des images internes, que provoque l'intoxication des idées. L'imagination était son refuge. Shears s'en était inquiété. Warden, prudent, n'avait pas tranché si c'était une qualité ou un défaut.

Combattre les maléfices de l'obsession par le contrepoison de l'obsession volontaire! Dérouler le film où s'étaient inscrits les symboles représentatifs de son capital spirituel; scruter dans une fureur inquisitrice tous les spectres de son univers mental; fouiller passionnément parmi ces témoins immatériels de son existence, jusqu'à ce qu'il découvrît une figure assez absorbante pour emplir sans laisser d'interstice tout le domaine de sa conscience! Il les passa en revue fébrilement. La haine du Japonais et le sentiment du devoir étaient des excitants dérisoires, qu'aucun tableau assez clair n'exprimait. Il songea à ses chefs, à ses amis, qui avaient mis en lui toute leur confiance et qui attendaient sur l'autre rive. Cela non plus n'était pas assez réel. C'était tout juste assez bon pour le pousser au sacrifice de sa propre vie. La griserie du succès même était maintenant impuissante. Ou alors, il devait se représenter la victoire sous une forme plus sensible que celle de cette auréole à demi éteinte, dont le rayonnement pâli ne trouvait plus aucun élément matériel où s'accrocher.

Une image traversa brusquement son esprit. Elle avait brillé d'une lumière nette pendant la durée d'un éclair. Avant même de l'avoir reconnue, il eut l'intuition qu'elle était assez significative pour incarner un espoir. Il lutta pour la retrouver. Elle brilla de nouveau. C'était l'hallucination de la nuit passée; la feuille à dessin sous la lampe à projecteur, les innombrables représentations de la poutrelle, contre lesquelles venaient s'appliquer des rectangles bruns et que dominait un titre à la ronde, composant interminablement en grosses lettres luisantes le mot : DESTRUCTION.

Elle ne s'éteignit plus. A partir du moment où, appelé par son instinct, elle prit victorieusement possession de son esprit, il sentit qu'elle seule était assez consistante, assez complète, assez puissante pour lui faire transcender les répugnances et les tremblements de sa misérable carcasse. Elle était enivrante comme l'alcool et apaisante comme l'opium. Il se laissa posséder par elle et prit garde de ne pas la laisser échapper.

Parvenu à cet état d'hypnose volontaire, il aperçut sans surprise des soldats japonais sur le pont de la rivière Kwaï.

VI

SHEARS aperçoit les soldats japonais et vit dans de nouvelles transes.

Pour lui aussi, la durée s'écoule à un rythme implacablement ralenti. Après le désarroi causé par l'évocation des charges, il s'est ressaisi. Il a laissé les partisans à leur poste et a remonté un peu la pente. Il s'est arrêté en un point d'où il a une vue d'ensemble sur le pont et la rivière Kwaï. Il a découvert et examiné à la jumelle les petites vagues autour des piliers. Il a cru voir un coin de matière brune émerger et disparaître suivant le jeu des remous. Par réflexe, par besoin, par devoir, il a passionnément cherché par quelle intervention personnelle il pourrait conjurer ce coup du sort. « Il reste toujours quelque chose à faire, une action à tenter », disent les autorités de la Force 316. Pour la première fois, depuis qu'il pratique ce métier, Shears n'a rien trouvé et s'est maudit de son impuissance.

Les jeux sont faits pour lui. Pas plus que Warden, qui de là-haut a sans doute également constaté cette perfidie de la rivière Kwaï, il n'a la possibilité de riposter. Joyce, peut-être? Mais s'est-il seulement aperçu du changement? Et qui peut savoir s'il aura la volonté et les réflexes que nécessitent les situations tragiques? Shears, qui a autrefois mesuré la taille des obstacles à surmonter dans des cas de ce genre, s'est amèrement reproché de ne pas avoir pris sa place.

Deux éternelles heures ont passé. Du point où il s'est élevé, il distingue les baraquements du camp. Il a vu un va-et-vient de soldats japonais en uniforme de parade. Toute une compagnie est là, à une centaine de mètres de la rivière, attendant le train, pour rendre les honneurs aux autorités qui inaugurent la ligne. Peut-être les préparatifs de cette cérémonie détourneront-ils l'attention? Shears l'a espéré. Mais une patrouille japonaise venant du poste de garde se dirige vers le pont.

Les hommes, précédés par un sergent, s'engagent sur le tablier, en deux files de chaque côté de la voie. Ils marchent lentement, d'une allure assez nonchalante, le fusil négligemment posé sur l'épaule. Leur mission est de jeter un dernier coup d'œil avant le passage du train. De temps en temps, l'un d'eux s'arrête et se penche au-dessus de la balustrade. C'est visiblement par acquis de conscience, pour suivre les instructions reçues, qu'ils se livrent à ce manège. Shears se persuade qu'ils n'y mettent aucune conviction, et c'est probablement vrai. Aucun accident ne peut arriver au pont de la rivière Kwaï, qu'ils ont vu construire sous leurs yeux dans cette vallée perdue. « Ils regardent sans voir », se répète-t-il, en suivant leur avance. Chacun de leurs pas résonne dans sa tête. Il s'efforce à ne pas les quitter des yeux et à épier les moindres gestes de leur progression, tandis que dans son cœur s'ébauche inconsciemment une vague prière adressée à un Dieu, un démon, ou quelque autre puissance mystérieuse, s'il en existe. Il évalue machinalement leur vitesse et la fraction de pont parcourue à chaque seconde. Ils ont dépassé le milieu. Le sergent s'accoude à la balustrade et parle au premier homme, en montrant du doigt la rivière. Shears se mord la main pour ne pas crier. Le sergent rit. Il commente probablement la baisse de niveau. Ils repartent. Shears a deviné juste : ils regardent, mais ne voient pas. Il lui semble qu'en les accompagnant ainsi des yeux, il exerce une influence sur leurs perceptions. Un phénomène de suggestion à distance. Le dernier homme a disparu. Ils n'ont rien remarqué...

Ils reviennent. Ils arpentent le pont en sens inverse, à la même allure désinvolte. L'un d'eux penche toute la partie supérieure de son corps au-dessus de la section dangereuse, puis reprend sa place dans la patrouille.

Ils sont passés. Shears s'essuie le visage. Ils s'éloignent. « Ils n'ont rien vu. » Il répète machinalement ces mots à voix basse pour mieux se convaincre du miracle. Il les accompagne jalousement et ne les lâche que lorsqu'ils ont rejoint la compagnie. Avant de se laisser aller à une nouvelle espérance, il est traversé par un bizarre sentiment d'orgueil.

« A leur place, murmure-t-il, je n'aurais pas été aussi négligent. N'importe quel soldat anglais eût décelé le sabotage... Enfin! Le train ne peut plus être loin. »

Comme pour répondre à cette dernière pensée, des ordres sont donnés par des voix rauques sur la rive ennemie. Il y a un remue-ménage parmi les hommes. Shears regarde au loin. A l'horizon, du côté de la plaine, un petit nuage de fumée noire dévoile le premier convoi japonais traversant le pays de Thaïlande, le premier train chargé de troupes, de munitions et de grands généraux nippons, qui va franchir le pont de la rivière Kwaï.

Le cœur de Shears s'amollit. Des larmes de reconnaissance envers la puissance mystérieuse lui coulent des yeux.

« Plus rien ne peut nous barrer la route, maintenant, dit-il encore à voix basse. L'imprévu a épuisé ses derniers tours. Le train sera là dans vingt minutes. »

Il maîtrise son agitation et redescend au bas de la montagne pour prendre le commandement du groupe protecteur. Pendant qu'il marche courbé en deux dans les buissons, attentif à ne pas déceler sa présence, il ne voit pas sur la rive d'en face un officier de belle prestance, en uniforme de colonel anglais, qui s'approche du pont.

Au moment même où Number one regagne son poste, l'esprit encore troublé par cette cascade d'émotions, tous ses sens déjà absorbés par la perception prématurée d'un fracas éblouissant, avec son cortège de flammes et de ruines qui matérialise le succès, le colonel Nicholson s'engage à son tour sur le pont de la rivière Kwaï.

En paix avec sa conscience, avec l'Univers et avec son Dieu, les yeux plus clairs que le ciel des tropiques après un orage, goûtant par tous les pores de sa peau rouge la satisfaction du repos bien gagné que s'accorde le bon artisan après un travail difficile, fier d'avoir surmonté les obstacles à force de courage et de persévérance, orgueilleux de l'œuvre accomplie par lui-même et par ses soldats dans ce coin de Thaïlande qui lui semble maintenant presque annexé, le cœur léger à la pensée d'avoir été digne de ses ancêtres et d'avoir ajouté un épisode peu commun aux légendes occidentales des bâtisseurs d'empires, fermement convaincu que personne n'aurait pu faire beaucoup mieux que lui, retranché dans sa certitude de la supériorité dans tous les domaines des hommes de sa race, heureux d'en avoir fait en six mois une éclatante démonstration, gonflé de cette joie qui paie toutes les peines du chef lorsque le résultat triomphant se dresse à portée de la main, savourant à petites gorgées le vin de la victoire, pénétré de la qualité de l'ouvrage, désireux de mesurer une dernière fois, seul, avant l'apothéose, toutes les perfections accumulées par le labeur et l'intelligence, et aussi de passer une ultime inspection, le colonel Nicholson s'avançait à pas majestueux sur le pont de la rivière Kwaï.

La plupart des prisonniers et tous les officiers

étaient partis deux jours auparavant, à pied, vers un point de rassemblement d'où ils seraient expédiés en Malaisie, dans les îles ou au Japon, pour y accomplir d'autres travaux. Le railway était terminé. La fête, que la gracieuse Majesté impériale de Tokyo avait autorisée et imposée dans tous les groupes de Birmanie et de Thaïlande, en avait marqué l'achèvement.

Elle avait été célébrée avec un faste particulier au camp de la rivière Kwaï. Le colonel Nicholson y avait tenu. Sur toute la ligne, elle avait été précédée par les habituels discours des officiers supérieurs japonais, généraux, colonels, montés sur des tréteaux, bottés de noir, gantés de gris, agitant les bras et la tête, déformant bizarrement les mots du monde occidental devant des légions d'hommes blancs, éclopés, malades, couverts d'ulcères et hallucinés par un séjour de plusieurs mois en enfer.

Saïto avait prononcé quelques paroles, exaltant naturellement la sphère sud-asiatique et condescendant à ajouter des remerciements pour la loyauté dont avaient fait preuve les prisonniers. Clipton, dont la sérénité avait passé par de rudes épreuves pendant cette dernière période, où il avait vu des mourants se traîner sur le chantier pour terminer le pont, se sentait prêt à pleurer de rage. Il avait dû subir ensuite un petit discours du colonel Nicholson, dans lequel celui-ci rendait hommage à ses soldats, louant leur abnégation et leur courage. Le colonel avait conclu en disant que leurs souffrances n'avaient pas été endurées en vain et qu'il était fier d'avoir commandé de tels hommes. Leur tenue et leur dignité dans le malheur serviraient d'exemple à toute la nation.

Après cela, il y avait eu la fête. Le colonel s'y était intéressé et y avait pris une part active. Il savait qu'il n'y avait rien de plus terrible pour ses hommes que l'oisiveté et leur imposa un luxe de divertissements dont la préparation les tint en haleine pendant plusieurs jours. Il y eut non seulement plusieurs concerts, mais une comédie jouée par des soldats déguisés et même un ballet de danseurs travestis lui arracha un rire franc.

« Vous voyez, Clipton, avait-il dit. Vous m'avez critiqué parfois, mais j'ai maintenu; j'ai maintenu le moral; j'ai maintenu l'essentiel. Les hommes ont tenu le coup. »

Et c'était vrai. L'esprit, au camp de la rivière Kwaï, avait été conservé intact. Clipton fut obligé de le reconnaître, après un simple coup d'œil aux hommes qui les entouraient. Il était évident qu'ils prenaient un plaisir enfantin et innocent à ces réjouissances et la sincérité de leurs hourras ne laissait aucun doute sur l'excellence de leur moral.

Le lendemain, les prisonniers s'étaient mis en route. Seuls, les plus gros malades et les éclopés étaient demeurés. Ils devaient être évacués sur Bangkok par le prochain train venant de Birmanie. Les officiers étaient partis avec leurs hommes. Reeves et Hughes, à leur grand regret, avaient été obligés de suivre le convoi et n'avaient pas été admis à voir le passage du premier train sur l'ouvrage qui leur avait coûté tant de peine. Le colonel Nicholson avait pourtant obtenu l'autorisation de rester pour accompagner les malades. En raison des services rendus, Saïto n'avait pas pu lui refuser cette faveur, qu'il avait sollicitée avec sa dignité habituelle.

Il marchait à grandes enjambées énergiques, martelant victorieusement le tablier. Il avait vaincu. Le pont était achevé, sans luxe, mais avec suffisamment de « fini » pour faire éclater les vertus des peuples d'Occident à la face du ciel de Thaïlande. C'était bien là sa place en ce moment, celle du chef qui passe la dernière revue avant le défilé triomphal. Il ne pouvait pas être ailleurs. Sa propre présence le consolait un peu du départ de ses fidèles collaborateurs et des hommes qui auraient mérité eux aussi d'être à l'honneur. Heureusement, il était là. Le pont était solide, il le savait. Il ne présentait pas de point faible. Il répondrait à ce qu'on attendait de lui. Mais rien ne peut remplacer le coup d'œil du chef responsable; cela aussi, il en était certain. On ne peut jamais tout prévoir. Une vie d'expériences lui avait enseigné, à lui aussi, qu'un accident peut toujours surgir au dernier moment; une paille se révéler. Le meilleur des subalternes ne vaut rien pour prendre une décision rapide, dans ce cas. Il ne tenait aucun compte, bien entendu, du rapport fait par la patrouille japonaise que Saïto avait envoyée ce matin. Il voulait voir par lui-même. Il interrogeait du regard, à mesure qu'il passait, la solidité de chaque poutre, l'intégrité de chaque assemblage.

Après avoir dépassé le milieu du pont, il se pencha au-dessus de la balustrade, comme il le faisait tous les cinq ou six mètres. Il fixa un pilier et s'immobilisa, surpris.

L'œil du maître avait aperçu du premier coup le bourrelet d'eau prononcé, causé à la surface par une charge. En examinant plus attentivement, le colonel Nicholson décela vaguement une masse brune, contre le bois. Il hésita un moment, reprit sa marche et s'arrêta quelques mètres plus loin, au-dessus d'un autre pilier. Il se pencha de nouveau.

« Bizarre », murmura-t-il.

Il hésita encore, traversa la voie, et regarda de l'autre côté. Un autre corps brun lui apparut, à peine recouvert d'un pouce d'eau. Cela lui causa un malaise indéfinissable, comme la perception d'une tache souillant son ouvrage. Il se décida à continuer sa marche, alla jusqu'au bout du tablier, fit demi-tour, revint sur ses pas, comme avait fait la patrouille, marqua un nouveau temps d'arrêt et resta longtemps songeur, en contemplation, secouant la tête. Enfin, il haussa les épaules et retourna vers la rive droite. Il se parlait à lui-même.

« Cela n'était pas là, il y a deux jours, marmottait-il. Il est vrai que la rivière était plus haute... Un tas d'ordures, probablement, dont les débris se seront accrochés aux piliers. Pourtant... »

Un embryon de soupçon traversa son cerveau, mais la vérité était trop extraordinaire pour qu'il pût la voir clairement. Cependant, il avait perdu sa belle sérénité. Sa matinée était gâchée. Il fit encore une fois demi-tour pour revoir cette anomalie, ne put trouver aucune explication et regagna la terre, toujours agité.

« Ce n'est pas possible, murmura-t-il, reconsidérant le vague soupçon qui l'avait effleuré... A moins qu'une de ces bandes de Chinois bolchevistes... »

Le sabotage était indissolublement associé dans son esprit avec le pirate ennemi.

« Ce n'est pas possible ici », répéta-t-il, sans parvenir à retrouver sa belle humeur.

Le train était maintenant visible, encore très loin, peinant le long de la voie. Le colonel calcula qu'il ne serait pas là avant dix minutes. Saïto, qui faisait les cent pas entre le pont et la compagnie, le regardait venir, avec l'embarras qui lui était habituel en sa présence. Le colonel Nicholson prit une décision brusque en arrivant près du Japonais.

« Colonel Saïto, dit-il avec autorité. Il y a là quelque chose de pas clair. Il vaut mieux aller voir de près avant le passage du train. »

Sans attendre la réponse, il dégringola rapidement le talus. Son intention était de prendre le petit bateau indigène amarré sous le pont et d'aller faire le tour des piliers. En arrivant sur la plage, il en parcourut instinctivement toute la longueur de son regard exercé et découvrit la ligne du fil électrique sur les galets brillants. Le colonel Nicholson fronça le sourcil et se dirigea vers le cordon.

VII

Ce fut au moment où il descendait le talus, avec la souplesse que lui avaient conservé la pratique quotidienne d'un exercice physique modéré et la contemplation paisible des vérités traditionnelles qu'il entra dans le champ de vision de Shears. Le colonel japonais le suivait de près. Shears comprit seulement alors que l'adversité n'avait pas encore abattu toutes ses cartes. Joyce l'avait vu depuis longtemps. Joyce, dans l'état d'hypnose où il avait réussi à se hausser, avait observé son manège sur le pont, sans ressentir d'émotion nouvelle. Il saisit son poignard dès qu'il aperçut sur la plage, derrière lui, la silhouette de Saïto.

Shears vit approcher le colonel Nicholson qui semblait tirer derrière lui l'officier japonais. Devant l'incohérence de la situation, il se sentit saisi par une sorte d'hystérie et se mit à parler tout seul :

« Et c'est l'autre qui le conduit! C'est l'Anglais qui l'amène là. Il suffirait de lui expliquer, de lui dire un mot, un seul... »

Le bruit de la locomotive poussive s'entendait faiblement. Tous les Japonais devaient être à leur poste, prêts à rendre les honneurs. Les deux hommes sur la plage étaient invisibles du camp. Number one eut un geste furieux en comprenant dans l'instant la situation exacte et en sentant très précisément dans ses réflexes encore bons l'action indispensable, celle qu'une telle circonstance ordonnait impérativement aux hommes qui s'étaient embrigadé sous la bannière de la « Plastic & Destructions Co Ltd. ». Il saisit, lui aussi, son poignard. Il l'arracha de sa ceinture et le tint devant lui à la manière réglementaire, la main renversée, les ongles en dessous, le pouce sur la naissance de la lame, non pour l'utiliser, mais dans une tentative insensée pour suggestionner Joyce, suivant le même instinct qui l'avait poussé un peu plus tôt à accompagner du regard les mouvements de la patrouille.

Le colonel Nicholson s'était arrêté devant le fil. Saïto s'approchait en se dandinant sur ses jambes courtes. Toutes les émotions de la matinée étaient dérisoires en comparaison de celle que connut Shears en cette seconde. Il se mit à s'exclamer à haute voix, tout en agitant le poignard devant lui à la hauteur de sa tête.

« Il ne pourra pas! Il ne pourra pas! Il y a des choses que l'on ne peut pas exiger d'un garçon de son âge qui a eu une éducation normale et qui a passé sa jeunesse dans un bureau. J'ai été fou de le laisser faire. C'était à moi de prendre sa place Il ne pourra pas. »

Saïto avait rejoint le colonel Nicholson, qui s'était baissé et avait pris le fil en main. Le cœur de Shears martelait sa poitrine, accompagnant la démence des lamentations désespérées qui grondaient en lui et s'échappaient en petits bouts de phrases rageuses.

« Il ne pourra pas! Trois minutes encore; trois minutes et le train est là! Il ne pourra pas! »

Un partisan thaï, couché près de son arme, lui jetait des regards effrayés. La jungle, heureusement, étouffait le son de sa voix. Il était ramassé sur lui-même, crispant son poing sur le poignard immobile devant ses yeux.

« Il ne pourra pas! Dieu puissant, rendez-le insensible; rendez-le enragé pendant dix secondes! »

Au moment où il prononçait une prière insensée, il perçut un mouvement dans le feuillage, sous l'arbre roux, et les broussailles s'entrouvrirent. Son corps se raidit et sa respiration s'arrêta. Joyce, courbé en deux, descendait silencieusement le talus, son poignard à la main. Le regard de Shears se posa sur lui et ne le quitta plus.

Saïto, dont le cerveau travaillait lentement, s'était accroupi au bord de l'eau, le dos à la forêt, dans la position familière à tous les Orientaux et qu'il reprenait instinctivement lorsque quelque circonstance particulière l'empêchait de se surveiller. Il avait saisi à son tour le cordon. Shears entendit une phrase prononcée en anglais.

« Ceci est réellement inquiétant, colonel Saïto. »

Puis il y eut un court silence. Le Japonais écartait entre ses doigts les différents brins. Joyce était arrivé sans être vu derrière les deux hommes.

« Mais, bon Dieu, hurla soudain le colonel Nicholson, le pont est miné, colonel Saïto! Ce sont de damnés explosifs que j'ai vus contre les piliers! Et ces fils... »

Il s'était retourné vers la jungle pendant que Saïto réfléchissait à la gravité de ces paroles. Le regard de Shears devint plus intense. En même temps que son poing frappait de droite à gauche, il vit un reflet de soleil sur la rive d'en face. Aussitôt, il reconnut le changement qu'il attendait dans l'attitude de l'homme accroupi.

Il avait pu. Il avait réussi. Aucun muscle de son corps tendu n'avait faibli jusqu'à ce que l'acier se fût enfoncé, presque sans résistance. Il avait exécuté sans tressaillir les gestes accessoires. Et à cet instant même, aussi bien pour obéir aux instructions reçues que parce qu'il se sentait la nécessité impérieuse de se cramponner à un corps matériel, il avait rabattu son bras gauche crispé sur le cou de l'ennemi égorgé. Saïto, dans un spasme, avait d'abord détendu ses jambes, se redressant à demi. Joyce l'avait serré de toutes ses forces contre son propre corps, autant pour l'étouffer que pour vaincre le frémissement naissant de ses membres.

Le Japonais s'était ensuite affaissé. Il n'avait pas poussé un cri. A peine un râle, que Shears devina, parce qu'il avait l'oreille aux aguets. Joyce resta plusieurs secondes paralysé, sous l'adversaire qui était retombé sur lui et l'inondait de son sang. Il avait eu la force de remporter cette nouvelle victoire. Il n'était pas sûr maintenant de pouvoir rassembler assez d'énergie pour se dégager. Il se secoua enfin. D'un sursaut, il rejeta le corps inerte, qui roula à moitié dans l'eau, et regarda autour de lui.

Les deux rives étaient désertes. Il avait triomphé, mais l'orgueil ne dissipait ni son dégoût ni son horreur. Il se redressa péniblement sur les mains et les genoux. Il ne restait plus que quelques mouvements simples à accomplir. D'abord, dissiper l'équivoque. Deux mots devaient suffire. Le colonel Nicholson était resté immobile, pétrifié par la soudaineté de la scène.

« Officier; officier anglais, sir, murmura Joyce. Le pont va sauter. Eloignez-vous. »

Il ne reconnaissait plus le son de sa voix. L'effort de remuer les lèvres lui causait une peine infinie. Et l'autre qui ne paraissait pas entendre!

« Officier anglais, sir, répéta-t-il désespérément. Force 316, de Calcutta. Commandos. Ordre de faire sauter le pont. »

Le colonel Nicholson donna enfin signe de vie. Un éclair étrange passa dans ses yeux. Il parla d'une voix sourde.

« Faire sauter le pont?

— Eloignez-vous, sir; le train arrive. Ils vous croiront complice. »

Le colonel restait toujours planté devant lui.

Ce n'était plus l'heure de parlementer. Il fallait encore agir. Le halètement de la locomotive s'entendait distinctement. Joyce s'aperçut que ses jambes refusaient de le porter. Il remonta le talus à quatre pattes, vers son poste.

« Faire sauter le pont! » répéta le colonel Nicholson.

Il n'avait pas fait un mouvement. Il avait suivi d'un œil inexpressif la pénible progression de Joyce, comme s'il cherchait à pénétrer le sens de ses paroles. Brusquement, il bougea et marcha sur ses traces. Il écarta rageusement le rideau de feuillage, qui venait de se refermer sur lui, et découvrit la cachette, avec le manipulateur sur lequel il avait déjà posé la main.

« Faire sauter le pont! s'exclama encore le colonel.

— Officier anglais, sir, balbutia Joyce presque plaintivement... Officier anglais de Calcutta... Les ordres... »

Il n'acheva pas sa phrase. Le colonel Nicholson s'était jeté sur lui en poussant un rugissement.

« *Help* (1)! »

(1) Au secours.

VIII

« DEUX hommes perdus. Quelques dégâts, mais pont intact grâce à héroïsme colonel britannique. »

Tel était le rapport succinct que Warden, seul rescapé du trio, expédia à Calcutta à son retour au cantonnement.

A la lecture de ce message, le colonel Green pensa que bien des points restaient obscurs dans cette affaire, et demanda des explications. Warden répondit qu'il n'avait rien à ajouter. Son chef décida alors qu'il avait fait un assez long séjour dans la jungle de Thaïlande et qu'on ne pouvait pas laisser un homme seul, à ce poste dangereux, dans une région que les Japonais allaient probablement fouiller. La Force 316 avait reçu, à cette époque, des moyens puissants. Une autre équipe fut parachutée dans un secteur éloigné, pour garder le contact avec les Thaïs, et Warden fut rappelé au centre. Un sous-marin vint le chercher en un point désert du golfe du Bengale, où il réussit à se rendre après deux semaines de marche aventureuse. Trois jours après son embarquement, il était à Calcutta et se présentait devant le colonel Green.

Il lui exposa d'abord brièvement la préparation du coup, puis en arriva à l'exécution. Du haut de la montagne, il avait suivi toute la scène, et aucune nuance ne lui avait échappé. Il parla d'abord sur le ton froid et posé qui lui était propre; mais à mesure qu'il avançait dans son récit, il changea d'attitude. Depuis un mois qu'il vivait, seul de son espèce, au milieu des partisans thaïs, un tumulte de sentiments inexprimés grondait en lui. Les épisodes sans cesse renaissants du drame fermentaient dans son cerveau, en même temps qu'avec son amour de la logique il s'épuisait instinctivement à leur chercher une explication rationnelle et à les ramener à un petit nombre de principes universels.

Le fruit de ces délibérations délirantes vit enfin le jour dans le bureau de la Force 316. Il lui était impossible de s'en tenir à un sec rapport militaire. Il lui était devenu indispensable de libérer le torrent de ses stupeurs, de ses angoisses, de ses doutes, de sa rage et aussi d'exposer sans contrainte les raisons profondes de l'absurde dénouement, telles qu'il les avait pénétrées. Son devoir lui imposait aussi de faire un compte rendu objectif des événements. Il s'y efforçait et y réussissait par moments, puis s'abandonnait de nouveau au flot de sa passion déchaînée. Le résultat était une étrange combinaison d'imprécations parfois incohérentes, mêlées aux éléments d'un véhément plaidoyer, d'où émergeaient çà et là les paradoxes d'une extravagante philosophie et occasionnellement un « fait ».

Le colonel Green écouta avec patience et curiosité ce morceau de fantastique éloquence, où il ne reconnaissait guère le calme ni la méthode légendaire du professeur Warden. C'étaient surtout les faits qui l'intéressaient, lui. Cependant, il n'interrompit que rarement son subordonné. Il avait l'expérience de ces retours de mission où les exécutants avaient donné le meilleur d'eux-mêmes pour aboutir à un misérable échec dont ils n'étaient pas responsables. Il faisait, dans ces cas-là, une part assez large au « human element », fermait les yeux sur les divagations et ne paraissait pas se soucier d'un ton parfois irrespectueux.

« ...Vous me direz que l'enfant s'est conduit comme un imbécile, sir? Un imbécile, certainement, mais personne dans sa situation n'eût été plus malin. Je l'ai observé. Je ne l'ai pas quitté une seconde. J'ai deviné ce qu'il disait à ce colonel. Il a fait ce que j'aurais fait à sa place. Je l'ai vu se traîner. Le train approchait. Moi-même, je n'ai pas compris lorsque l'autre s'est jeté sur lui. Cela ne m'a saisi que peu à peu, lorsque j'ai réfléchi... Et Shears prétendait qu'il réfléchissait trop! Seigneur, pas assez, au contraire! Il lui aurait fallu plus de perspicacité, plus de discernement. Alors, il se serait aperçu que ce n'est pas suffisant, dans notre métier, de couper une gorge au hasard! Il faut encore trancher la bonne! C'est bien ce que vous pensez, n'est-ce pas, sir?

« Une intelligence supérieure, voilà ce qu'il fallait. Flairer le véritable ennemi dangereux; comprendre que cette vénérable ganache ne pouvait pas laisser détruire son œuvre. C'était son succès, sa victoire à lui. Il vivait depuis six mois dans un rêve. Un esprit extraordinairement subtil aurait pu le deviner à la façon dont il arpentait le tablier. Je le tenais au bout de ma jumelle, sir... Si seulement cela avait été un fusil!... Il avait le sourire béat des vainqueurs, je me rappelle... Admirable type d'homme énergique, sir, comme on dit à la Force 316! Jamais abattu par le malheur; toujours un dernier sursaut! Il a appelé les Japonais à son secours!

« Cette vieille bête aux yeux clairs avait probablement rêvé toute sa vie de faire une construction durable. A défaut d'une ville ou d'une cathédrale, il a bondi sur le pont! Et vous auriez voulu qu'il le laissât démolir!... Ces vieux colons de notre vieille armée, sir! Je suis sûr qu'il avait lu tout notre Kipling national dans son extrême jeunesse et je parie que des phrases entières dansaient dans sa cervelle branlante, pendant que l'ouvrage sortait de l'eau. « *Yours is the earth and everything that's in it, and which is more, you'll be a man, my son!* » Je l'entends d'ici.

« Il avait le sentiment du devoir et le respect du travail bien exécuté... l'amour de l'action aussi... comme vous, comme nous, sir!... Stupide mystique de l'action, en laquelle communient nos petites dactylos et nos grands capitaines!... Je ne sais plus très bien où je vais quand je pense à cela. J'y pense depuis un mois, sir. Peut-être ce monstrueux imbécile était-il réellement respectable? Peut-être avait-il véritablement un idéal valable?... aussi sacré que le nôtre?... le même que le nôtre? Peut-être ses phantasmes abracadabrants prenaient-ils leur source dans le monde même où sont forgés les aiguillons qui nous harcèlent?... Ce mystérieux éther où bouillonnent les passions qui poussent aux actes, sir! Peut-être, là, le « résultat » n'y a-t-il pas la moindre signification, et la qualité intrinsèque de l'effort compte-t-elle seule? Ou bien, comme je le crois, ce royaume du délire est-il un enfer affligé d'une matrice diabolique infectant les sentiments qui en sortent de tous les maléfices venimeux qui éclateront dans ce résultat obligatoirement exécrable?... Je vous dis que j'ai réfléchi à cela depuis un mois, sir. Nous, par exemple, nous venons dans ce pays pour apprendre aux Asiatiques comment on utilise le plastic pour pulvériser des trains et faire sauter des ponts. Eh bien....

— Racontez-moi la fin de l'affaire, interrompit la voix posée du colonel Green. Rien n'existe en dehors de l'action.

— Rien n'existe en dehors de l'action, sir... Le regard de Joyce quand il est sorti de sa cachette!... Et il n'a pas faibli. Il a porté le coup suivant les règles, je suis témoin. Il fallait tout juste un peu plus de jugement... L'autre s'est jeté sur lui avec une telle furie qu'ils ont roulé tous deux le long du talus, vers la rivière. Ils ne se sont arrêtés qu'au bord de l'eau. A l'œil nu, ils paraissaient immobiles. J'ai vu les détails à la jumelle... L'un au-dessus de l'autre. C'était le corps en uniforme qui écrasait le corps nu, maculé de sang, pesant de tout son poids, pendant que deux mains furieuses ser raient la gorge... Je le voyais très nettement. Il était étendu les bras en croix, à côté du cadavre dans lequel le poignard était resté planté. A ce moment, il a compris sa méprise. Sir, j'en suis sûr. Il s'est aperçu, il s'est aperçu, je le sais, qu'il s'était trompé de colonel!

« Je l'ai vu. Sa main était tout près du manche de l'arme. Elle l'a étreint. Il s'est raidi. Je devinais le jeu des muscles. J'ai cru un moment qu'il allait se décider. C'était trop tard. Il n'avait plus de forces. Il avait donné tout ce qu'il avait en lui. Il n'a pas pu... Ou bien, il n'a pas voulu. L'ennemi qui lui serrait le cou l'hypnotisait. Il a lâché le poignard et s'est laissé aller... Une détente complète, sir. Vous connaissez cela, quand on s'abandonne? Il s'est résigné à la défaite. Il a remué les lèvres et prononcé un mot. Personne ne saura si c'était un blasphème ou une prière... ou bien l'expression désenchantée et polie d'un désespoir mélancolique! Ce n'était pas un révolté, sir, du moins extérieurement. Il était toujours respectueux avec ses supérieurs. Seigneur! C'est tout juste si Shears et moi avions pu obtenir qu'il ne se mît pas au garde-à-vous chaque fois qu'il nous parlait! Je parie qu'il lui aura donné du « sir » avant de fermer les yeux, sir!... Tout reposait sur lui. C'était fini.

« Plusieurs evenements se sont passés au même instant, plusieurs « faits » comme vous dites, sir. Ils se sont brouillés dans mon esprit, mais je les ai reconstitués. Le train était proche. Le gronde ment de la locomotive croissait de seconde en seconde... pas assez pourtant pour couvrir les rugissements de cet enragé qui appelait au secours de toute sa belle voix habituée au commandement!... J'étais là, impuissant, sir... Je n'aurais pas fait mieux que lui; moi, non... personne... peut-être Shears?... Shears! C'est alors que j'ai entendu de nouveaux cris. La voix de Shears, justement. Elle résonnait dans toute la vallée. Une voix de fou furieux, sir. Je n'ai pu distinguer qu'un mot : « Frappe. » Lui aussi avait compris, et plus vite que moi. Mais cela ne servait plus à rien.

« Quelques instants après, j'ai vu un homme dans l'eau. Il se dirigeait vers la rive ennemie. C'était lui. C'était Shears. Lui aussi était partisan de l'action à tout prix! Un acte insensé. Il était devenu fou, comme moi, après cette matinée. Il n'avait aucune chance... J'ai failli me précipiter, moi aussi, et il me fallait plus de deux heures pour descendre de mon perchoir!

« Il n'avait pas la moindre chance. Il nageait comme un forcené, mais il lui a fallu plusieurs minutes pour traverser. Et pendant ce temps-là, sir, le train passait sur le pont, sur le magnifique pont de la rivière Kwaï, construit par nos frères! Au même moment..., au même moment, je me rappelle, un groupe de soldats japonais, attirés par les beuglements, dégringolaient le talus.

« Ce sont eux qui ont accueilli Shears à sa sortie de l'eau. Il en a descendu deux. Deux coups de poignards, sir, je n'ai pas perdu un seul détail. Il ne voulait pas être pris vivant; mais il a reçu un coup de crosse sur la tête. Il est tombé. Joyce ne bougeait plus. Le colonel se relevait. Les soldats avaient coupé les fils. Il n'y avait plus rien à tenter, sir.

— Il reste toujours quelque chose à tenter, fit la voix du colonel Green.

— Il reste toujours quelque chose à tenter, sir... Alors, il y a eu une explosion. Le train, que personne n'avait songé à arrêter, a sauté sur le piège préparé par moi après le pont, juste en dessous de mon observatoire. Une chance encore! Je n'y pensais plus. La locomotive a déraillé, entraînant deux ou trois wagons dans la rivière. Quelques hommes noyés. Pas mal de matériel perdu, mais des dégâts réparables en quelques jours, voilà le résultat... Cela a créé pourtant un peu d'émotion sur la rive d'en face.

— Un assez joli spectacle, tout de même, je pense, remarqua, consolateur, le colonel Green.

— Un joli spectacle pour ceux qui aiment vraiment cela, sir... Aussi, je me suis demandé si je ne pouvais pas y ajouter encore quelque attrait. Moi aussi, j'ai appliqué nos doctrines, sir. Je me suis véritablement interrogé en cet instant pour savoir s'il restait quelque chose à essayer dans le sens de l'action.

— Il reste toujours quelque chose à essayer dans le sens de l'action, répéta la voix lointaine du colonel Green.

— Il reste toujours quelque chose à essayer... Cela doit être vrai, puisque tout le monde le dit. C'était la devise de Shears. Je me la suis rappelée. »

Warden resta un moment silencieux, oppressé par ce dernier souvenir, puis reprit d'une voix plus basse :

« J'ai réfléchi, moi aussi, sir. J'ai réfléchi aussi profondément qu'il était possible de le faire, pendant que le groupe des soldats devenait plus compact autour de Joyce et de Shears, celui-ci certainement vivant, l'autre, peut-être encore, malgré l'étreinte de cette misérable canaille.

« Je n'ai découvert qu'une possibilité d'action, sir. Mes deux partisans étaient toujours à leur poste, aux mortiers. Ils pouvaient aussi bien tirer sur le cercle des Japonais que sur le pont, et c'était au moins aussi indiqué. J'ai désigné cette cible. J'ai attendu encore un peu. J'ai vu les soldats relever les prisonniers et se préparer à les emmener. Tous deux étaient vivants. Ce qui pouvait arriver de pire. Le colonel Nicholson suivait par-derrière, la tête penchée, comme s'il méditait profondément... Les méditations de ce colonel, sir!... Je me suis décidé tout d'un coup, pendant qu'il était encore temps.

« J'ai donné l'ordre de tirer. Les Thaïs ont compris tout de suite. Nous les avions bien entraînés, sir. Cela a fait un beau feu d'artifice. Encore un magnifique spectacle, vu de l'observatoire! Un chapelet de projectiles! J'ai pris moi-même un mortier. Je suis un excellent pointeur.

— Efficace? interrompit la voix du colonel Green.

— Efficace, sir. Les premiers obus sont tombés au milieu du groupe. Une chance! Tous deux ont été déchiquetés. Je m'en suis assuré en regardant à la jumelle. Croyez-le, croyez-le bien, sir, moi non plus, je ne voulais pas laisser ce travail inachevé!... Tous les trois, je devrais dire. Le colonel aussi. Il n'en est rien resté. Trois coups au but. Un succès!

« Ensuite?... Ensuite, sir, j'ai fait lancer toute ma provision d'obus. Il y en avait pas mal... Nos grenades aussi. Le poste était si bien choisi! Un arrosage général, sir. J'étais un peu surexcité, je l'avoue. Cela est tombé un peu partout, sur le reste de la compagnie qui accourait du camp, sur le train déraillé, d'où jaillissait un concert de hurlements, sur le pont également. Les deux Thaïs étaient aussi passionnés que moi... Les Japs ont riposté. Bientôt la fumée s'est étendue, est montée jusqu'à nous, masquant peu à peu le pont et la vallée de la rivière Kwaï. Nous étions isolés dans un brouillard gris et puant. Il n'y avait plus de munitions, plus rien à jeter. Nous nous sommes enfuis.

« Depuis, j'ai aussi réfléchi à cette initiative, sir. Je suis encore persuadé que je ne pouvais rien faire de mieux, que j'ai suivi l'unique ligne de conduite possible, que c'était la seule action vraiment raisonnable...

— La seule raisonnable », admit le colonel Green.

ŒUVRES DE PIERRE BOULLE

Chez le même éditeur :

William Conrad, roman.

Le Pont de la rivière Kwaï, roman. (Prix Sainte-Beuve 1952).

Contes de l'absurde. Grand Prix de la Nouvelle (Prix Littéraire d'Evian, 1953) *suivis de* $E = MC^2$.

La Face, roman.

Le Bourreau, roman.

L'Epreuve des hommes blancs, roman.

Les Voies du salut, roman.

Le Sacrilège malais, roman.

Un métier de seigneur, roman.

Aux sources de la rivière Kwaï.

Le Photographe, roman.

La Planète des singes, roman.

IMPRIMÉ EN FRANCE PAR BRODARD ET TAUPIN
6, place d'Alleray - Paris.
Usine de La Flèche, le 15-02-1974.
6591-5 - Dépôt légal n° 3067, 1er trimestre 1974.
LE LIVRE DE POCHE - 22, avenue Pierre 1er de Serbie - Paris.
30 - 21 - 0715 - 14 ISBN : 2 - 253 - 00355 - 7

Le Livre de Poche policier

Alexandre (P.), Maier (M.).
Genève vaut bien une messe, 3389** (1).

Alexandre (P.), Roland (M.).
Voir Londres et mourir, 2111* (0)

Allain (M.), Souvestre (P.).
Fantômas, 1631** (8).
Juve contre Fantômas, 2215** (9).
Fantômas se venge, 2342** (1).

Behn (Noël).
Une lettre pour le Kremlin, 3240** (6).

Boileau-Narcejac.
A cœur perdu, 2328* (0).
L'Ingénieur aimait trop les chiffres, 2411* (4).

Bommart (Jean).
Le Poisson chinois, 2124* (3).
Le Train blindé n° 4, 2834* (7).
Bataille pour Arkhangelsk, 2792* (7).
Le Poisson chinois a tué Hitler, 3332* (1).
La Dame de Valparaiso, 3429** (5).

Breslin (Jimmy).
Le Gang des cafouilleux, 3491** (5).

Buchan (John).
Les 39 marches, 1727* (4).
Les 3 otages, 1724** (1).
Le Camp du matin, 3212*** (5).

Cain (James).
Assurance sur la Mort, 1044* (4)

Calef (Noël).
Ascenseur pour l'Échafaud, 1415* (6).

Carr (J. Dickson).
La Chambre ardente, 930* (5).

Charteris (Leslie).
Le Saint à New York, 2190* (4)
Le Saint et l'Archiduc, 2376* (9)
Le Saint à Londres, 2436* (1).
La Justice du Saint, 2610* (1).
Le Saint et les Mauvais Garçons, 2393* (4).
L'Héroïque Aventure, 2746* (3).
Le Saint à Ténériffe, 2821* (4).
Les Anges des Ténèbres, 3121* (8).
Ici, le Saint! 3156* (4).
Les Compagnons du Saint, 3211* (7).
Le Saint contre Teal, 3255* (4).
La Marque du Saint, 3287* (7).
Le Saint s'en va-t-en guerre, 3318* (0).
Le Saint contre Monsieur Z, 3348* (7).
En suivant le Saint, 3390* (9).
Le Saint contre le marché noir, 3415* (4).
Mais le Saint troubla la fête, 3505* (2).
Le Saint au Far-West, 3553* (2).
Le Saint, Cookie et Cie, 3582* (1).
Le Saint conduit le bal, 3612* (6).

Cheyney (Peter).
Cet Homme est dangereux, 1097* (2).

Christie (Agatha).
Le Meurtre de Roger Ackroyd, 617** (8).
Dix Petits Nègres, 954** (5).
Les Vacances d'Hercule Poirot, 1178** (0).
Le Crime du Golf, 1401* (6).
Le Vallon, 1464** (4).
Le Noël d'Hercule Poirot, 1595** (5).
Le Crime de l'Orient-Express, 1607** (8).
A.B.C. contre Poirot, 1703** (5).
Cartes sur table, 1999** (9).

Conan Doyle (Sir Arthur).
Sherlock Holmes : Étude en Rouge suivi de *Le Signe des Quatre,* 885** (1).
Les Aventures de Sherlock Holmes, 1070** (9).
Souvenirs de Sherlock Holmes 1238** (2).
Résurrection de Sherlock Holmes, 1322** (4).
La Vallée de la peur, 1433* (9).
Archives sur Sherlock Holmes, 1546** (8).
Le Chien des Baskerville, 1630* (0).

L'Envahissant Cadavre de la Plaine Monceau, 3110* (1).
M'as-tu vu en cadavre?, 3330* (5).
Pas de bavards à La Muette, 3391** (7).
Fièvre au Marais; 3414* (7).
La Nuit de Saint-Germain-des-Prés, 3567* (2).
Corrida aux Champs-Élysées, 3597* (9).

Monteilhet (Hubert).
Le Retour des Cendres, 2175** (5).
Les Mantes religieuses, 2357* (9).

Nord (Pierre).
Double crime sur la ligne Maginot, 2134* (2).
Terre d'angoisse, 2405* (6).
Peloton d'exécution 1944, 2768* (7).
La Nuit des Karpathes, 2791* (9).
Rendez-vous à Jérusalem, 3109* (3).
L'Espion de la Première Paix mondiale, 3179** (6).
Le Guet-Apens d'Alger, 3303 (2).
Chasse couplée au Caire, **3444** (4).**
L'Espion de Prague, 3532** (6).
Le Piège de Saigon, 3611** (8).

Queen (Ellery).
Le Mystère des Frères siamois, 1040** (2).
La Décade prodigieuse, 3492** (3).

Sayers (Dorothy).
Lord Peter et l'Inconnu, 978* (4).
Les Pièces du Dossier, 1668* (0).

Simenon (Georges).
Le Chien jaune, 2916* (2).
Les Fiançailles de M. Hire, 2900* (6).
La Maison du Canal, 2901* (4).
Le Fou de Bergerac, 2902* (2).
La Tête d'un Homme, 2903* (0).
L'Affaire Saint-Fiacre, 2904* (8).
L'Ombre chinoise, 2905* (5).
Le Coup de Lune, 2906*(3).
Le Charretier de « La Providence », 2907* (1).
La Nuit du carrefour, 2908* (9).
Pietr-le-Letton, 2909* (7).
Maigret, 2910* (5).
La Guinguette à deux sous, 2911* (3).
Les Gens d'en face, 2912* (1).
L'Homme de Londres, 2913* (9).
Monsieur Gallet décédé, 2914* (7).
Le Passager du « Polarlys », 2915* (4).
Un crime en Hollande, **2917* (0).**
Le Relais d'Alsace, 2918* (8).
Liberty Bar, 2919* (6).
La Danseuse du Gai-Moulin, 2920* (4).
Le Pendu de Saint-Pholien, 2921* (2).
Au rendez-vous des terre-neuvas, 2922* (0).
L'Écluse n° 1, 2923* (9).
Le Port des Brumes, 2924* (6).
Le Haut-Mal, 2925* (3).
L'Âne rouge, 2926* (1).
Chez les Flamands, 2927* (9).
Les 13 coupables, 2928* (7).

Simmel (Johannès Mario).
On n'a pas toujours du caviar, 3362*** (8).

Siodmak (Curt).
Le Cerveau du Nabab, 2710** (9).

Steeman (S.-A.).
L'Assassin habite au 21, 1449* (5).
Le Dernier des Six, 2230* (8).
Quai des Orfèvres, 2151** (6).
Un dans trois, 2464* (3).
Les atouts de M. Wens, 2696* (0).
L'ennemi sans visage, 2697* (8).
Le Condamné meurt à cinq heures, 2820* (6).
Crimes à vendre, 2757* (0).
Le Mannequin assassiné, 3138** (2).
Poker d'enfer, 3403* (0).
Que personne ne sorte, **3552* (4).**

Traver (Robert).
Autopsie d'un Meurtre, 1287** (9).

Vadim (Roger) présente :
Histoires de Vampires, 3198** (6).
Nouvelles Histoires de Vampires, 3331** (3).

Van Dine (S.S.).
Le Fou des Échecs, 2341* (3).

Van Gulik (R.H.).
Le Mystère de la Chambre Rouge, 2274* (6).
Le Monastère hanté, 2437* (9).
Le Mystère de la cloche, **2698** (6).**

Véry (Pierre).
L'Assassinat du Père Noël, **1133* (5).**

Viard (Henri).
La Bande à Bonape, 2857* (8).

Vickers (Roy).
Service des Affaires classées, t. 1, 976** (8); t. 2, 1300** (0).

Le Livre de Poche historique
(Histoire, biographies)

Amouroux (Henri).
Vie des Français sous l'Occupation, t. 1, 3242** (2); t. 2, 3243** (0).

Aron (Robert).
Histoire de Vichy, t. 1, 1633** (4); t. 2, 1635** (9).
Histoire de la Libération, t. 1, 2112** (8); t. 2, 2113** (6).

Azeau (Henri).
Le Piège de Suez, 2245*** (6).

Aziz (Philippe).
Tu trahiras sans vergogne, 3457** (6).

Bainville (Jacques).
Napoléon, 427** (2).
Histoire de France, 513** (9).

Bar-Zohar (Michel).
L'Espion juif d'Hitler, 3445* (1).

Bellonci (Maria).
Lucrèce Borgia, 679** (8).

Benoist-Méchin.
Ibn-Séoud, 890** (1).
Mustapha Kémal, 1136** (8).

Bertrand (Louis).
Louis XIV, 728** (3).

Blond (Georges).
Le Survivant du Pacifique, 799** (4).
Le Débarquement, 1246** (5).
L'Agonie de l'Allemagne, 1482** (6).
Convois vers l'U.R.S.S., 1669* (8).
Histoire de la Flibuste, 3183*** (8).
Les Princes du ciel, 3595** (3).

Bonnecarrère (Paul).
Par le sang versé, 3178*** (8).
Qui ose vaincra, 3527*** (6).

Bruckberger (R.-L.).
L'Histoire de Jésus-Christ, 2884*** (2).

Chaplin (Charles).
Histoire de ma vie, 2000*** (5).

Chastenet (Jacques).
Winston Churchill, 2176*** (4).
La France de M. Fallières, 2858*** (6).

Coignet (Capitaine).
Cahiers, 3364** (4).

Daniel-Rops.
Histoire sainte, 624** (4).
Jésus en son Temps, 626** (9).
L'Église des Apôtres et des Martyrs, 606*** (1).

Dayan (Moshé).
Journal de la campagne du Sinaï-1956, 2320** (7).

Delarue (Jacques).
Histoire de la Gestapo, 2392*** (6).
Trafics et crimes sous l'Occupation, 3199*** (4).

Derogy (Jacques).
La Loi du retour, 3495*** (6).

Dulles (Allen).
Les Secrets d'une reddition, 2835** (4).

Erlanger (Philippe).
Charles VII et son mystère, 2668** (9).
Henri III, 3257** (0).

Fauvet (Jacques).
La IVe République, 3213*** (3).

Fourcade (Marie-Madeleine).
L'Arche de Noé, t. 1, 3139** (0); t. 2, 3140** (8).

Gaulle (Général de).
MÉMOIRES DE GUERRE :
1. *L'Appel (1940-1942),* 389** (4).
2. *L'Unité (1942-1944),* 391** (0).
3. *Le Salut (1944-1946),* 612** (9).
Mémoires d'espoir, t. 1, 3478** (2).
Mémoires d'espoir, t. 2, 3479* (0).
Pour l'Avenir : extraits, 3480** (8).
Le Fil de l'épée, 3545* (8).
La Discorde chez l'ennemi, 3546* (6).
La France et son armée, 3547** (4).
Trois études, 3548* (2).
Vers l'armée de métier, 3549* (0).

Gaxotte (Pierre).
La Révolution française, 461** (1).
Le Siècle de Louis XV, 702** (8).

Gimpel (Erich).
Ma Vie d'espion, 2236** (5).

Gorkin (Julian).
L'Assassinat de Trotsky, 3575** (5).

Grousset (René).
L'Épopée des Croisades, 883** (6).
Le Conquérant du Monde : Vie de Gengis-khan, 3354** (5).

Halévy (Daniel).
LA FIN DES NOTABLES :
1. *La Fin des Notables,* 3432** (9).

2. *La République des Ducs,* 3433** (7).

Héron de Villefosse (René).
Histoire de Paris, 3227*** (3).

Hough (Richard).
La Mutinerie du Cuirassé Potemkine, 2204* (3).

Lapierre (D.) et Collins (L.).
Paris brûle-t-il? 2358*** (7).

Lenotre (G.).
Napoléon : Croquis de l'Épopée, 1307* (5).

Madariaga (Salvador de).
Hernan Cortès, 1184*** (8).
Christophe Colomb, 2451*** (0).

Maurois (André).
Histoire d'Angleterre, 455** (3).
Les Trois Dumas, 628** (5).

Montanelli (Indro).
Histoire de Rome, 1161** (6).

Noli (Jean).
Les Loups de l'Amiral, 3333*** (9).

Ollivier (Albert).
Saint-Just, 2021*** (1).

Pernoud (Régine).
Vie et Mort de Jeanne d'Arc, 1801** (7).

Perrault (Gilles).
L'Orchestre Rouge, 3158*** (0).

Perruchot (Henri).
La Vie de Cézanne, 487** (6).
La Vie de Gauguin, 1072** (5).
La Vie de Van Gogh, 457** (9).
La Vie de Toulouse-Lautrec, 565** (9).

Pourtalès (Guy de).
Chopin ou le Poète, 979* (2).
La Vie de Franz Liszt, 3258** (8).

Rémy.
Réseaux d'ombres, 2597** (0).
Compagnons de l'honneur, 2785** (1).
Comment devenir Agent secret, 3416** (2).

Renan (Ernest).
Vie de Jésus, 1548** (4).

Roy (Jules).
La Bataille de Dien Bien Phu, 3417*** (0).

Ryan (Cornelius).
Le Jour le plus long, 1074** (1).

Shirer (William).
Le Troisième Reich, t. 1, 1592*** (2), t. 2, 1608*** (6).

Speer (Albert).
Au cœur du Troisième Reich, 3471**** (7).

Thomas (Hugues).
Histoire de la guerre d'Espagne, t. 1, 2191** (2); t. 2, 2192** (0).

Toland (John).
Bastogne, 1450** (3).
Banzaï, 2807** (3).

Trotsky.
Ma Vie, 1726*** (6).

Vulliez (Albert).
Tonnerre sur le Pacifique, 3593*** (8).

Wertheimer (Oscar de).
Cléopâtre, 1159** (0).

Wiesenthal (Simon) et Wechsberg (Joseph).
Les assassins sont parmi nous, 2692** (9).

Zweig (Stefan).
Marie Stuart, 337** (3).
Marie-Antoinette, 386** (0).
Fouché, 525** (3).

Série Histoire *dirigée par Gilbert Guilleminault*

Le roman vrai de la IIIe République

Avant 14, 1710 (0).
Les Années difficiles, 1713 (4).

Le roman vrai du demi-siècle

Du premier Jazz au dernier Tsar, 2531 (2).
De Charlot à Hitler, 2352 (0).
La Drôle de Paix, 2579 (8).

Le roman vrai de la IVe République

Les Lendemains qui ne chantaient pas, 2722 (4)
La France de Vincent Auriol, 2758 (8).

Humour, Dessins, Jeux et Mots croisés

HUMOUR

Allais (Alphonse).
Allais... grement, 1392* (7).
A la une..., 1601* (1).
Plaisir d'Humour, 1956* (9).
Comtesse M. de la F.
L'Album de la Comtesse, 3520** (1).
Étienne (Luc).
L'Art du contrepet, 3392** (5).
L'Art de la charade à tiroirs, 3431** (1).
Jarry (Alfred).
Tout Ubu, 838** (0).
La Chandelle verte, 1623*** (5).
Jean-Charles.
Les Perles du Facteur, 2779* (4).
Leacock (Stephen).
Histoires humoristiques, 3384* (2).
Mignon (Ernest).
Les Mots du Général, 3350* (3).
Peter (L. J.) et Hull (R.).
Le Principe de Peter, 3118* (4).
Ribaud (André).
La Cour, 3102** (8).
Rouland (Jacques).
Les Employés du Gag (La Caméra invisible), 3237* (2).

DESSINS

Chaval.
L'Homme, 3534** (2).
L'Animalier, 3535** (9).
Christophe.
La Famille Fenouillard, 1908** (0).
Le Sapeur Camember, 1909** (8).
L'idée fixe du Savant Cosinus, 1910** (6).
Les Malices de Plick et Plock, 1911** (4).
Effel (Jean).
La Création du Monde : Le Ciel et la Terre, 3228** (1).
La Création du Monde : Les Plantes et les Animaux, 3304** (0).
Simoen (Jean-Claude).
De Gaulle à travers la caricature internationale, 3465** (4).
Siné.
Je ne pense qu'à chat, 2360* (3).
Wolinski.
Je ne pense qu'à ça, 3467** (5).
XXX.
Souriez-lui, 3184** (6).

JEUX

Aveline (Claude).
Le Code des jeux, 2645*** (7).
Berloquin (Pierre).
Jeux alphabétiques, 3519* (3).
Jeux logiques, 3568* (0).
Jeux numériques, 3669* (6).
Jeux géométriques, 3537* (5).
La Ferté (Roger) et Remondon (Martial).
100 Jeux et Problèmes, 2870* (1).
La Ferté (Roger) et Diwo (François).
100 Nouveaux Jeux, 3347* (9).

MOTS CROISÉS

Asmodée, Hug, Jason, Théophraste et Vega.
Mots croisés du « Figaro », 2216* (7).
Brouty (Guy).
Mots croisés de « L'Aurore », 3518* (5).
Favalelli (Max).
Mots croisés, 1er recueil, 1054* (3); 2e recueil, 1223* (4); 3e recueil, 1463* (6); 4e recueil, 1622* (7); 5e recueil, 3722* (3).
Mots croisés de « L'Express », 3334* (7).
La Ferté (Roger).
Mots croisés, 2465* (0).
Mots croisés de « France-Soir », 2439* (5).
Lespagnol (Robert).
Mots croisés du « Canard Enchaîné », 1972* (6).
Mots croisés du « Monde », 2135* (9).
Scipion (Robert).
Mots croisés du « Nouvel-Observateur », 3159* (8).
Tristan Bernard.
Mots croisés, 1522* (9).

30/0715/0